광인일기

이 도서의 국립중앙도서관 출판예정도서목록(CIP)은
서지정보유통지원시스템 홈페이지(http://soeji.nl.go.kr)와
국가자료공동목록시스템(http://www.nl.go.kr/kolisnet)에서 이용하실 수 있습니다.
(CIP제어번호: CIP2014019004)

광인일기

루쉰 소설 — 자오옌녠 판화 — 이욱연 옮김

문학동네

일러두기

1. 주석은 모두 옮긴이주이다.

2. 국립국어원 외래어표기 원칙에 따라 신해혁명(1911년) 이전의 인명과 지명은 한자음으로 표기하고, 이후의 인명과 지명은 중국어 표기법에 따라 원어 발음으로 표기하였다.

차례

광인일기

狂人日記

모某 군君 형제는 그 이름은 여기서 밝힐 수 없으되 양인兩人 모두 내 예전 중학 시절 친한 벗이라. 다년간 격조하여 소식이 점차 끊겼다. 일전에 우연히 그중 하나가 큰 병을 얻었다고 들었다. 고향 가는 길에 돌아 찾아갔는데 병자는 동생이라더라. 군이 멀리서 수고로이 보러 왔으되 진즉 나아서 모처에 후보 관리*로 갔네. 대소大笑하더니 일기 두 권을 꺼내 보여주며, 당시 병증病症을 알 수 있을 터이고, 옛 벗에게 주는 것은 무방하리라 하더라. 가지고 돌아와 읽어본즉, 병이 '피해망상증'의 일종이라는 것을

* 候補. 직함만 있을 뿐 실제 직무는 없는 청대의 하급 관리로, 임용을 기다리는 사람.

알겠더라. 말이 많이 순서가 맞지 않고 착종하고 황당하더라. 일월日月도 적지 않았고, 다만 먹빛과 글자체가 하나가 아니어서 한 때에 쓴 게 아니라는 건 알겠더라. 간혹 대략 연결되는 것도 있어, 여기 한 편을 옮겨 의학 연구자료로 제공하려 함이라. 일기 중 틀린 말도 있으되 한 자도 고치지 않았음이라. 다만 인명은 다 시골 사람들이라 세간에 알려지지 않아서 대체로 무관하긴 하더라도 다 고쳤다. 책 제목은 본인이 나은 후 단 것이라 고치지 않았다. 7년* 4월 20일 지識.**

1

오늘 저녁은 달이 아주 밝다.

내가 달을 보지 못한 지도 삼십 년이나 되었다. 오늘 보게 되니 기분이 몹시 상쾌하다. 지난 삼십여 년 동안 전혀 내 정신이 아니었다는 것을 이제야 알았다. 하지만 각별히 조심해야 한다. 그렇지 않으면 자오네 개가 왜 나를 노려보겠는가?

---

* 중화민국 7년이라는 뜻으로, 서기 1918년이다.

** 서문은 전통 문장인 고문으로 되어 있고, 일기는 현대 구어인 백화문(白話文)으로 되어 있다.

오늘 저녁은 달이 아주 밝다.

내가 무서워하는 것도 일리가 있다.

2

오늘은 달이 없다. 조짐이 좋지 않다는 것을 나도 안다. 아침에 조심스레 문을 나서는데, 자오구이趙貴 영감의 눈빛이 심상치 않았다. 나를 무서워하는 것 같기도 하고, 해치려는 것 같기도 했다. 예닐곱 명이 이마를 맞대고 소곤거리며 내 이야기를 하고 있었는데, 그러면서도 내가 볼까 두려워하고 있었다. 길에 있는 사람들 모두가 그러했다. 그중 가장 사납게 생긴 자는 입을 쩍 벌리고 내게 웃음을 흘렸다. 나는 온몸이 오싹해지면서 그들이 벌써 준비를 다 갖추었다는 것을 알았다.

하지만 나는 무서워하지 않고 계속 내 길을 갔다. 앞에 꼬마 아이들도 내 이야기를 하고 있었다. 눈빛이 자오구이 영감하고 똑같았고, 낯빛이 온통 새파랬다. 나는 내가 꼬마 애들에게 무슨 원수를 졌기에 애들이 이러는지 생각해보았다. 더이상 참을 수가 없어서 "얼른 말해!"라고 소리치자, 아이들이 도망쳐버렸다.

나는 생각했다. 나와 자오구이 영감 사이에 무슨 원한이 있을까. 길에 있던 사람들하고는 무슨 원한이 있을까. 이십 년 전에

구주古久 선생의 낡은 장부를 짓밟아서 구주 선생이 기분 나빠했었다. 자오구이 영감은 구주 선생을 알지 못하지만 분명 소문을 듣고서 대신 화풀이를 하는 것이고, 길에 있는 사람들과 짜고서 같이 나를 원수 취급하는 것이리라. 그런데 꼬마 애들은 왜 그럴까? 그때 저애들은 아직 태어나지도 않았는데, 왜 이렇게 나를 무서워하는 것도 같고 해치려는 것도 같은 이상한 눈으로 보는 것일까. 이것이 정말 나를 무섭게 하고 놀라게 하고 가슴 아프게 한다.

알겠다. 이것은 아이들 아비어미가 가르쳐서 그런 거다!

3

밤에 도무지 잠을 이룰 수가 없다. 모든 일은 연구를 해야 알 수 있는 법이다.

그들 중에는 현縣의 지사知事에게 두들겨맞고 목에 칼을 쓴 자도 있고, 동네 유지에게 뺨을 얻어맞은 자도 있고, 아전에게 처를 빼앗긴 자도 있고, 아비어미가 빚쟁이에게 시달리다 죽은 자도 있다. 하지만 그때도 그들 얼굴빛이 어제처럼 그렇게 무섭고 사납지는 않았다.

밤에 도무지 잠을 이룰 수가 없다.
모든 일은 연구를 해야 알 수 있는 법이다.

가장 이상한 것은 어제 길에서 만난 여자가 자기 아들을 때리면서 입으론 "이놈의 자식, 네놈을 씹어먹어야 내 속이 풀리지!" 하면서 나를 쳐다본 일이다. 나는 깜짝 놀라 어쩔 줄을 몰랐는데, 납빛 얼굴에 날카로운 이가 튀어나온 사람들이 다들 웃음을 터뜨렸다. 천라오우陳老五가 얼른 다가와 나를 집으로 끌고 갔다.

집에 끌려들어온 나를 집안사람들은 다 모른 체했다. 그들의 눈빛도 다른 사람들하고 똑같았다. 서재에 들어서자 밖에서 문을 채웠다. 닭이나 오리를 가두듯이. 이 일로 나는 더더욱 영문을 알 수 없게 되었다.

며칠 전 랑쯔춘狼子村에서 소작인이 와 흉년이 들었다면서 큰형에게 말하길, 자기 동네에 아주 나쁜 인간이 있었는데 사람들에게 맞아 죽었다는 것이다. 그런데 몇 사람이 그 사람의 심장과 간을 기름에 볶아 먹었는데, 그렇게 하면 담이 커진다는 것이었다. 내가 한마디 거들자 소작인과 큰형이 둘 다 나를 힐끔거렸다. 오늘에야 알았다. 그들의 눈빛이 밖에 있던 그 사람들과 똑같았다는 것을.

생각만 해도 온몸이 오싹했다.

그들이 사람을 잡아먹을 수 있는 이상 나를 잡아먹지 않으리란 법이 없다.

그 여자가 "네놈을 씹어먹"을 거라고 말하고 납빛 얼굴에 날카로운 이가 튀어나온 사람들이 웃음을 터뜨린 것, 그리고 며칠 전에 소작인이 한 말은 분명 암시다. 그들 말에 독이 차 있고, 웃음에 칼이 가득하다는 것을 이제 알았다. 그들의 이빨이 온통 저리 번쩍거리며 사나운 것을 보면 그들은 분명 식인을 하는 무리다.

나 스스로 생각해봐도 내가 나쁜 사람은 아니지만, 구가네 장부를 짓밟은 뒤로 사정이 달라졌다. 그들에게 다른 속내가 있는 것 같긴 한데 나로서는 전혀 알아낼 길이 없다. 더구나 그들은 단번에 안면을 바꾸고 상대를 나쁜 인간이라고 지목하곤 한다. 형이 나에게 글쓰기를 가르칠 때, 아무리 훌륭한 사람이라도 그 사람을 조금 비판하면 동그라미를 여러 개 쳐주었고, 나쁜 사람을 조금 변호하면 "절묘하도다, 독창적이구나"라고 말하곤 했다. 그러니 내가 그들의 속내를 어떻게 알아차릴 수 있겠는가? 더구나 지금 그들은 사람을 잡아먹으려고 하는 참인데 말이다.

모든 일은 연구를 해야 알 수 있는 법이다. 옛날부터 흔히 식인을 해왔다는 것을 나도 기억하지만, 분명하지는 않았다. 나는 역사책을 뒤졌다. 이 역사책에는 연대가 없고, 페이지마다 삐뚤삐뚤 '인의도덕仁義道德'이라는 글자가 적혀 있었다. 나는 잠을 이룰 수가 없어서 한밤중까지 자세히 들여다보았다. 그러자 글자들 틈에서 다른 글자가 보이면서 책에 온통 '식인'이라는 두 글자가 적혀 있었다!

납빛 얼굴에 날카로운 이가 튀어나온 사람들이 다들 웃음을 터뜨렸다.

책에도 온통 이렇게 적혀 있고 소작인도 그렇게 말했을뿐더러 다들 실실 웃으며 나를 이상한 눈으로 본다.

나도 사람이기에 그들은 나를 먹으려는 것이다!

4

아침에 한동안 마음을 가다듬고 앉아 있었다. 천라오우가 식사를 내왔는데, 야채와 생선찜이었다. 그런데 생선의 하얀 눈알이 딱딱하게 굳어 있고 입은 쩍 벌린 것이 식인을 하려는 사람과 똑같았다. 몇 젓가락 입에 대보니 미끌미끌한 것이 생선인지 사람인지 알 수가 없어 뱃속의 것을 죄다 토해냈다.

내가 말했다. "라오우, 큰형에게 말해주게. 내가 답답해서 정원을 좀 걷고 싶다고." 라오우가 대답도 하지 않고 가버리더니, 조금 있으니까 문이 열렸다.

나는 꿈쩍도 하지 않은 채 그들이 나를 어떻게 하는지 연구할 참이었다. 그들은 분명 나를 풀어주지 않을 것이다. 역시 그랬다! 큰형이 노인네 한 사람을 안내해 천천히 걸어왔다. 그자는 눈에 흉악한 빛이 가득했는데 내가 알아챌까봐 시종 고개를 숙이고 안경테 너머로 슬그머니 나를 쳐다보았다. 큰형이 말했다. "오늘은 괜찮은 것 같구나." 내가 말했다. "네." 큰형이 말했다. "오늘 허何 선생에게 오셔서 너를 좀 진찰해달라고 부탁드렸다." 내가 말했다. "그러세요." 이 영감이 실은 인간 백정이라는 것을 내가 어찌 모를 것인가! 진맥을 한다는 핑계로 분명 내 살집을 살필 것이고, 그 공으로 고기를 나누어 먹을 것이다. 그래도 나는 무섭지 않았다. 내가 식인은 하지 않아도 그들보다 담은 크다. 두 주먹을 내밀고 그가 무슨 수작을 하는지 보았다. 영감은 앉아서 눈을 감고 한참을 만져보고 한동안 멍하니 있더니 음흉하게 눈을 뜨며 말했다. "허튼 생각 말고 조용히 며칠 요양하면 좋아질 것이네."

허튼 생각 말고 조용히 요양하라고! 요양해서 살이 오르면 그들에게는 먹을 게 늘어나겠지만, 나한테는 뭐가 좋고 뭐가 "좋아질 것"인가? 저 인간들이 식인을 하고 싶어하면서도 몰래 눈속임 방법만 궁리하며 차마 직접 손을 쓰지 못하는 꼴이 정말 우스워 죽겠다. 나는 참을 수 없어 크게 웃었더니 속이 시원했다. 이 웃음에 용기와 정의로운 기개가 담겨 있다는 것을 나는 안다. 영감과 형의 안색이 변했다. 내 용기와 정의로운 기개에 압도당한 것이다.

하지만 내게 용기가 있기 때문에 그들은 더욱 나를 먹고 싶어한다. 그 용기를 나누고 싶은 거다. 방을 나선 영감이 몇 걸음 가더니 목소리를 낮추어 큰형에게 말했다. "얼른 먹으세!" 큰형이 고개를 끄덕였다. 알고 보니 형도 한패였다. 이 대단한 발견은 예상 밖인 것 같지만 사실 짐작하던 바이기도 하다. 한패가 되어 나를 먹으려는 사람이 바로 나의 형이다!

식인을 하는 사람이 바로 나의 형이다.

나는 식인을 하는 사람의 형제다.

내가 다른 사람에게 잡아먹혀도 나는 식인하는 사람의 형제다.

5

요 며칠 동안 한 걸음 물러나 생각을 해보았다. 그 영감이 인간 백정이 아니고 진짜 의사라고 해도 식인을 하는 사람이기는 마찬가지다. 그들의 스승인 이시진이 쓴 본초 어쩌고 하는 책*에도 사람 고기를 삶아 먹을 수 있다고 분명히 적혀 있다. 그런데도 자기는 식인을 하지 않는다고 말할 것인가?

우리 형도 억울할 것이 조금도 없다. 나한테 공부를 가르치며 자기 입으로 "자식을 바꾸어 먹는다易子而食"고 말한 적도 있고,

* 중국 명나라 말기의 약학자 이시진(李時珍)이 집필한 『본초강목(本草綱目)』.

한번은 우연히 나쁜 사람을 거론하다 죽여야 할뿐더러 놈의 "살은 씹어 먹고 가죽은 깔고 잔다食肉寢皮"고 한 적도 있다.* 그때 나는 어려서 한참 동안이나 가슴이 두근거렸다. 며칠 전에 랑쯔춘의 소작인이 와서 심장과 간을 먹은 이야기를 할 때도 형은 전혀 이상하게 생각하지 않은 채 계속 고개를 끄덕였다. 이걸 보면 마음이 예전처럼 모질다는 것을 알 수 있다. "자식을 바꾸어 먹"을 수 있으니 뭐든지 바꿀 수 있을 것이고 어떤 사람이든 먹을 수 있을 것이다. 전에 나는 그가 그런 이치를 말할 때 그저 듣기만 하고 뭐가 뭔지도 모른 채 넘어갔다. 그런데 이제 생각해보니 형이 그런 이치를 말할 때 형 입가에는 사람 기름이 번들번들했고 속은 사람을 먹을 생각으로 가득차 있었다.

6

칠흑처럼 어두워 낮인지 밤인지 모르겠다. 자오네 개가 다시 짖기 시작한다.

사자 같은 사나운 마음, 토끼의 나약함. 여우의 교활함……

* 둘 다 『춘추좌씨전』에 나오는 고사성어.

7

난 그들의 계략을 안다. 직접 죽이는 것은 내키지도 않고 차마 그러지도 못하는데, 혹시나 재앙을 입을까 무서워서다. 그래서 그들은 서로 연락을 하여 그물을 쳐놓고 내가 스스로 죽도록 압박하는 것이다. 며칠 전에 길에서 만난 사내들과 여자들의 모습, 요 며칠 사이 우리 큰형의 행동을 보면 십중팔구 틀림이 없다. 허리띠를 풀어 대들보에 걸고 스스로 목매어 죽는 것이 가장 좋을 것이다. 그러면 그들은 살인을 했다는 죄명을 받지 않고도 뜻하는 바를 이루게 되니 기뻐 날뛰며 환호성을 지를 것이다. 그러지 않고 놀라서 죽거나 근심 걱정 때문에 죽는다 해도, 조금 마르긴 하겠지만 고개를 끄떡이며 만족할 것이다.

그들은 그저 죽은 고기나 먹을 줄 아는 자들이다! 어떤 책에서 본 기억이 있는데, 하이에나라는 동물은 눈빛이나 생김새는 볼품없고 죽은 고기를 주로 먹는데 커다란 뼈다귀도 아작아작 씹어 삼킨다고 한다. 생각만 해도 오싹하다. 하이에나는 이리의 친척이고 이리는 개와 조상이 같다. 며칠 전 자오네 개가 나를 힐끔거린 것을 보면 녀석도 한통속으로 다 모의가 끝난 것이다. 저 영감이 땅만 쳐다보고 있지만 어찌 나를 속일 수 있겠는가.

가장 불쌍한 것은 우리 큰형이다. 그도 사람인데 왜 조금도 무

허리띠를 풀어 대들보에 걸고
스스로 목매어 죽는 것이 가장 좋을 것이다.

서워하지 않는 것일까? 게다가 한패가 되어 나를 잡아먹으려고 하는 것일까? 예전부터 그렇게 해오다보니 습관이 되어 나쁜 줄 모르는 것일까? 양심을 잃어 분명히 알면서도 일부러 그런 짓을 하는 것일까?

나는 식인하는 사람을 저주해도 먼저 형부터 시작하고, 식인하는 사람들에게 그러지 말라고 권할 때도 먼저 형부터 시작할 것이다.

8

사실 이런 이치쯤은 그들도 진즉 깨달았어야 한다……

갑자기 어떤 사람이 왔다. 스무 살쯤 된 듯한데 생김새는 또렷이 보이지 않는다. 얼굴에 온통 웃음을 띤 채 나에게 알은체하는데 진짜로 웃는 것 같지는 않았다. 내가 그에게 물었다. "사람을 잡아먹는 것이 옳은 일이야?" 그가 계속 웃으며 말했다. "흉년도 아닌데 왜 사람을 잡아먹어요." 나는 바로 알아차렸다. 이자도 한패로 식인을 즐긴다는 것을. 그래서 더욱 용기를 내어 따지듯 물었다.

"옳다는 거야?"

"그런 건 뭐하러 묻고 그러세요. 당신도 정말…… 농담도 잘 하시네요. ……오늘은 날씨가 참 좋네요."

날씨도 좋고 달빛도 아주 좋았다. 하지만 나는 기어이 물었다. "옳다는 거야?"

그는 그렇게 생각하지 않는지 얼버무리며 대답했다. "아니요……"

"옳지 않다고? 그런데 그들은 왜 먹는 거지?!"

"아닐 텐데요……"

"아니라고? 랑쯔춘에서는 지금도 먹는데. 책에도 그렇게 쓰여 있고. 온통 붉은 글씨로 선명하게."

그의 안색이 납빛으로 변하더니 눈을 부릅뜨며 말했다. "그랬을 수도 있지요. 옛날부터 그래왔으니까요……"

"옛날부터 그래왔다고 해서 옳단 말이야?"

"당신하고 그런 도리를 따지고 싶진 않아요. 어쨌든 아무 말도 하지 마세요. 했다 하면 틀린 말이니까."

벌떡 일어나 눈을 떠보니 그 사람은 보이지 않았다. 온몸이 땀투성이였다. 그는 우리 큰형보다 나이가 훨씬 적지만 역시 한패였다. 이것은 분명 그의 아비어미가 가르쳐준 것이고, 자기 자식에게도 벌써 가르쳐줬을지 모른다. 그렇기에 꼬마 아이들까지 나를 험악한 눈길로 쳐다보는 것이다.

9

자기도 식인을 하고 싶으면서도 다른 사람에게 먹힐까 무서워 다들 더없이 의심스러운 눈길로 서로를 노려본다……

이런 생각을 버리고 마음놓고 일하고 길을 가고 밥을 먹고 잠을 자면 얼마나 편하겠는가. 그저 문지방 하나, 고비 하나만 넘으면 되는데. 하지만 그들은 부모와 자식, 형제, 부부, 친구, 스승과 제자, 원수, 그리고 서로 모르는 사람들까지 한패가 되어 서로 권하고 서로 견제하면서 죽어도 그 한 걸음을 내디디려 하지 않는다.

10

이른 아침에 큰형을 찾아갔다. 큰형은 대문 밖에 서서 하늘을 바라보고 있었다. 나는 그의 등뒤로 걸어가 문을 가로막고는 아주 침착하고 부드럽게 말했다.

"큰형, 말씀드릴 게 있는데요."

"말해라." 그가 바로 얼굴을 돌리며 고개를 끄덕였다.

"간단한 이야기인데, 말을 꺼내기가 어렵네요. 큰형, 옛날 야

만인이었던 시절에는 다들 사람을 조금 잡아먹었겠지요. 하지만 나중에 생각이 달라져 어떤 사람들은 더이상 사람을 먹지 않고 좋아지려고 하여 사람이 되고, 진정한 인간이 되었습니다. 그러나 어떤 사람들은 계속 사람을 먹었습니다. 벌레와 똑같이요. 그 중 어떤 이들은 물고기나 새, 원숭이로 변했다 사람이 되기도 했지요. 하지만 좋아지려고 하지 않은 이들은 지금도 벌레로 있습니다. 식인을 하는 이런 사람들은 식인을 하지 않는 사람들과 비교하면 얼마나 부끄럽습니까? 벌레가 원숭이에게 부끄러운 것보다 훨씬 더 부끄러운 일입니다.

역아易牙*가 그의 아들을 끓여 걸왕과 주왕에게 바친 일은 아주 옛날 일입니다. 하지만 반고盤古가 천지를 창조하고부터 역아의 아들이 먹히고, 역아의 아들에서 서석림徐錫林**이 먹히고, 서석림에서 다시 랑쯔춘 사람에게까지 이를 줄 누가 알았겠습니까? 작년 성안에서 죄인을 처형했을 때는 폐병을 앓는 사람이 만터우***를 그 피에 찍어 먹었습니다.

그들이 나를 잡아먹으려고 하니 형 혼자서야 어찌할 수 없을

---

* 춘추시대의 요리사.

** 루쉰과 동향으로, 공화국의 혁명운동에 참가하여 무장봉기를 일으켰다가 체포되어 처형당한 실존 인물의 이름은 서석린(徐錫麟)이다.

*** 소가 들어 있지 않은 찐빵.

것입니다. 하지만 그렇다고 한패가 될 것은 무엇입니까. 사람을 먹는 사람이 무슨 짓인들 못하겠습니까. 그들이 나를 잡아먹을 수 있는 이상, 형도 잡아먹을 수 있고 자기들끼리도 잡아먹을 수 있을 겁니다. 하지만 한 걸음만 방향을 바꾼다면, 즉시 고친다면 사람들이 다들 평안해질 것입니다. 옛날부터 그래왔다 해도 우리는 오늘이라도 좋아지려고 노력할 수 있고, 이제 안 된다고 말할 수 있어요! 큰형님, 나는 형이 그렇게 말할 수 있다고 믿어요. 그제 소작인이 세를 깎아달라고 했을 때도 안 된다고 했잖아요."

처음에 형은 쌀쌀히 웃기만 하더니 나중에는 눈빛이 험악해졌고, 그들의 속내를 들추어내자 얼굴이 온통 창백해졌다. 대문 밖에 많은 사람이 서 있었는데, 자오구이 영감과 그 집 개도 거기에 끼어 이쪽저쪽 두리번거리며 안으로 들어왔다. 어떤 사람은 천으로 가린 듯 외모를 알아볼 수 없었고, 어떤 사람은 여전히 납빛 얼굴에 튀어나온 날카로운 이를 드러낸 채 웃음을 흘렸다. 나는 그들이 한패이고 다들 식인을 하는 사람이라는 것을 알았다. 하지만 그들의 생각이 다 같지 않다는 것도 알았다. 옛날부터 그래왔으니까 먹어야 한다고 생각하는 부류가 있는가 하면 먹지 말아야 한다는 것을 알면서도 먹으려 하는 부류가 있다. 그들은 남이 자기 속내를 알아챌까봐 내 말을 듣고 잔뜩 화를 내면서도 그저 쌀쌀히 웃기만 하는 것이다.

“다들 나가요! 미친놈이 무슨 구경거리라고!”

그때 큰형이 갑자기 험한 얼굴로 크게 소리쳤다.

"다들 나가요! 미친놈이 무슨 구경거리라고!"

그때 나는 그들의 교묘한 술수를 또하나 알아챘다. 그들은 고칠 생각이 없을 뿐만 아니라 진즉 계획을 다 짜놓은 것이다. 미치광이라는 누명을 나에게 씌울 준비를 다 해놓은 것이다. 이렇게 하면 나를 잡아먹어도 태평무사할 뿐 아니라 동정해주는 사람도 있을 것이다. 소작인이 다 같이 나쁜 사람을 먹었다고 말한 그런 방법인 것이다. 이는 그들이 항용 쓰는 방법이다!

천라오우가 씩씩거리며 달려왔다. 하지만 내 입을 어떻게 막을 것인가. 나는 기어이 그 사람들에게 말했다.

"당신들은 고칠 수 있어. 진심으로 고쳐야 해! 앞으로 사람을 잡아먹는 사람은 이 세상에서 살아가는 게 용납되지 않을 거야.

고치지 않으면 당신들도 잡아먹힐 거야. 아이를 아무리 많이 낳아도 진정한 사람에게 멸망당하고 말 거야. 사냥꾼이 이리를 사냥하듯 말이야! 벌레처럼 말이야!"

패거리는 천라오우에게 쫓겨 나갔다. 큰형도 어디 갔는지 보이지 않았다. 천라오우가 날더러 방으로 들어가라고 권했다. 방 안은 온통 깜깜했다. 대들보와 서까래가 머리 위에서 흔들렸다. 한참 흔들리더니 점점 커지면서 내 몸을 짓눌렀다.

몹시 무거웠다. 움직일 수가 없었다. 저들의 뜻은 나를 죽이려

천라오우가 씩씩거리며 달려왔다.
하지만 내 입을 어떻게 막을 것인가.

나는 그 무게가 거짓이라는 것을 알기에 몸부림치며 빠져나왔다.

는 것이다. 나는 그 무게가 거짓이라는 것을 알기에 몸부림치며 빠져나왔다. 온몸이 땀투성이였다. 그래도 나는 말했다.

"당신들 지금 바로 고쳐야 해. 진심으로 고쳐야 해. 앞으로 식인을 하는 사람은 세상이 용납하지 않는다는 것을 당신들은 알아야 해……"

11

해도 뜨지 않고 문도 열리지 않는다. 날마다 두 끼 밥.

젓가락을 들자 큰형 생각이 났다. 여동생이 죽은 이유도 다 형 때문이라는 것을 안다. 그때 여동생은 겨우 다섯 살이었다. 귀엽고 불쌍한 모습이 눈에 선하다. 어머니가 계속 울자 형은 어머니더러 그만 울라고 했다. 자기가 잡아먹었으니 계속 울면 마음이 좋지 않아서였을 것이다. 만약 계속 마음이 좋지 않을 수 있었다면……

여동생은 큰형에게 먹혔다. 어머니가 이 사실을 아는지 모르는지 나는 모르겠다.

어머니도 알았을 것이다. 하지만 울면서는 아무 말도 없었다. 당연하다고 여긴 모양이었다. 내가 네다섯 살쯤 되었을 때, 방

앞에 앉아 바람을 쐬는데 큰형이 부모가 병이 나면 자식으로서 살을 한 점 도려내 삶아서 드시게 해야 훌륭한 인간이라고 말했다. 그때 어머니도 아니라는 말을 하지 않았다. 한 점을 먹을 수 있다면 자연히 전부 다 먹을 수도 있을 것이다. 하지만 그날 울음은 지금 생각해도 정말 가슴이 아프니, 정말 이상한 일이다!

12

생각을 할 수 없다.

사천 년 동안 식인을 해온 곳. 오늘에야 알았다, 나도 그 속에 여러 해 동안 섞여 있었음을. 큰형이 집안일을 관장할 때 마침 여동생이 죽었으니 형이 음식에 섞어 내게 몰래 먹이지 않았다고 장담할 수 없다.

나도 모르는 사이에 내 여동생의 고기를 몇 점 먹지 않았다고 장담할 수 없다. 이제 내 차례가 되었다……

사천 년 식인의 이력을 지닌 나, 처음에는 몰랐지만 이제는 알았다. 진정한 인간을 만나기가 어렵다는 것을!

아이들을 구하라……

13

식인을 해보지 않은 아이가 혹시 아직도 있을까?

아이들을 구하라……

1918년 4월

쿵이지

孔乙己

루 진魯鎭은 술집 구조가 여느 곳과 달랐다. ㄱ자 모양의 큰 카운터가 거리 쪽으로 나 있고 카운터 안쪽에는 뜨거운 물이 항상 준비되어 있어서 언제라도 술을 데울 수 있었다. 일꾼들이 점심나절이나 저녁나절에 일을 끝내고 저마다 사 문文 동전을 내고 술 한 사발을 사서—그건 이십여 년 전 일이다. 지금은 한 사발에 십 문으로 올랐다—카운터에 기대선 채 데운 술을 마시며 쉬곤 했다. 일 문을 더 내면 절인 죽순이나 후이샹더우茴香豆* 한 접시를 사서 안주를 삼을 수 있고, 십 문을 더 내면 고기 요리를 살 수 있었다. 하지만 손님 대부분이 단삼短衫을 입은 사람들로 대

* 누에콩을 물에 불린 다음 조미를 해 만든 음식으로, 술안주로 많이 먹는다.

개 그리 넉넉하지 못했다. 장삼長衫을 입은 사람들만 술집 안쪽 방으로 들어가 술에 안주를 시키고 앉아서 천천히 마셨다.

나는 열두 살부터 마을 입구에 있는 셴헝咸亨 주점의 종업원이었다. 주인이 말했다. 아둔하게 생겨서 장삼을 입은 단골손님 시중은 못 들겠으니 밖에서 잔심부름이나 하라고. 단삼을 입은 단골손님들은 말을 건네기는 쉬웠지만 시시콜콜 끝없이 귀찮게 구는 이들이 많았다. 그 사람들은 항아리에서 황주黃酒*를 뜨는 것을 직접 자기 눈으로 확인하기도 하고 술병 바닥에 물이 있지는 않은지도 검사했고, 술병을 뜨거운 물에 넣는 것까지 직접 보고 나서야 안심을 했다. 이렇게 엄하게 감시를 하니 물을 타기가 어려웠다. 며칠이 지나자 주인이 다시 나를 불러 그런 일도 못하냐고 타박했다. 다행히 나를 소개해준 사람 얼굴을 봐서 내치지는 못하고 술병 덥히는 무료한 일을 전담시켰다.

그때부터 나는 온종일 카운터에 서서 내 일만 신경썼다. 일을 잘못하지는 않았지만 늘 단조롭고 무료했다. 주인은 인상이 험상궂었고 단골들도 데면데면하여 활기를 느낄 일이 없었다. 쿵이지나 술집에 나타나야 그나마 웃을 일이 있었기에, 지금까지

---

* 누룩과 차조 또는 찰수수 따위를 원료로 하여 만든, 담갈색 또는 흑갈색의 중국 술.

도 그를 기억한다.

서서 술을 마시는 사람 중에서 장삼을 입은 사람은 쿵이지뿐이었다. 그는 키가 컸다. 창백한 얼굴의 주름 사이로 늘 상처가 나 있었고, 하얀 수염은 헝클어져 있었다. 장삼을 입었지만 더러운 데다 여기저기 찢어진 것이 족히 십 년은 깁지도 빨지도 않은 것 같았다. 사람들에게 말할 때면 항상 입에 "지호자야之乎者也"*를 달고 살아서 사람들은 그의 말이 무슨 뜻인지 알아듣지 못했다. 성이 쿵이라 사람들은 아이들이 글자 연습하는 책에 나오는 "상다런 쿵이지上大人孔乙己"**라는 알 듯 모를 듯한 말에서 그의 별명을 따와 쿵이지라고 불렀다. 쿵이지가 술집에 오면 술 마시던 사람들이 다들 그를 보고 웃었다. 누가 "쿵이지, 얼굴에 또 상처가 났네!"라고 해도 그는 대답하지 않고 카운터에 대고 말했다. "술 두 사발 데워줘. 후이샹더우하고." 그러면서 구 문이나 되는 돈을 늘어놓았다. 사람들이 일부러 큰 소리로 말했다. "남의 물건을 훔쳤지!" 쿵이지가 눈을 둥그렇게 뜨며 말했다. "공연히 청백한 사람을 모함하지 말게……" "뭐라고, 청백? 그저께 허何가네 책을 훔치다 붙들려 얻어맞는 것을 내 눈으로 봤는데도 그래."

---

* 고대 한문에 자주 쓰는 허사로, 지식인인 체하는 말.

** 어린아이들의 글씨 연습 교본에 나오는 첫 여섯 글자.

얼굴이 붉어지고 이마에 파란 힘줄이 솟으면서 쿵이지가 따지듯 말했다. "책을 훔치는 건 도둑질이 아니야…… 책을 훔치는 것은…… 서생의 일이거늘, 어찌 도둑질이라 할 수 있남?" 그러고는 이어 무슨 "군자고궁君子固窮* 하느니라"라든가 "자호者乎" 자가 들어가는 말들을 늘어놓아 사람들이 웃음을 터뜨렸고, 술집 안팎이 즐거운 분위기에 휩싸였다.

사람들이 뒤에서 하는 얘기를 들어보면, 쿵이지는 원래 서생이었지만 생원이 되지도 못했고, 그렇다고 달리 먹고살 줄도 모른다는 거였다. 그래서 갈수록 가난해져 급기야 빌어먹게 되었다는 것이다. 다행히 글씨를 잘 써서 남의 책을 베껴주는 일로 밥을 먹고 살았다. 그런데 유감스럽게도 성질이 괴팍한데다 술을 좋아하고 게으르기까지 했다. 채 며칠을 앉아 있지 못하고 사람이며 책이며 종이, 벼루까지 한꺼번에 사라져버리는 것이다. 그러길 몇 차례, 이제는 그에게 책 베끼는 일을 맡기는 사람도 없어졌다. 쿵이지는 하는 수 없이 가끔 도둑질을 할 수밖에 없었다. 하지만 우리 가게에서는 품행이 다른 사람들보다 좋았고 술값을 미루는 법도 없었다. 물론 어쩌다 돈이 없을 때는 잠시 칠판에 적어두기도 했지만 한 달이 못 가 깨끗이 갚고는 쿵이지란

* 가난을 견디며 자기의 어려운 처지를 잘 참음.

서서 술을 마시는 사람 중에서 장삼을 입은 사람은 쿵이지뿐이었다.

이름을 칠판에서 지웠다.

쿵이지는 술 반 사발이 들어가면 붉게 달아오른 얼굴이 점점 원래대로 돌아갔는데, 그러면 옆에 있던 사람이 물었다. "쿵이지, 자네 정말 글자를 아나?" 쿵이지는 묻는 사람을 쳐다보며 대답할 가치도 없다는 듯한 표정을 지었다. 그러면 그들이 말을 이었다. "그럼 왜 반쪽짜리 생원도 못 땄나?" 쿵이지는 바로 기가 죽어 어쩔 줄 몰라하며 얼굴은 잿빛이 되고 입으로는 무어라고 중얼거렸는데, 죄다 '지호자야' 어쩌구여서 알아들을 수가 없었다. 그러면 사람들이 다 웃음을 터뜨렸고, 술집 안팎이 즐거운 분위기에 휩싸였다.

그런 때면 나도 따라 웃었는데 주인도 꾸중을 하지 않았다. 그러긴커녕 쿵이지를 볼 때마다 그런 식의 질문을 던져서 사람들을 웃겼다. 쿵이지는 그런 사람들과는 말이 통하지 않는다고 생각하고는 그저 아이들한테만 말을 걸었다. 한번은 그가 내게 물었다. "너 글공부를 했느냐?" 내가 대강 고개를 끄덕였다. 그가 말했다. "글공부를 했다니, ……한번 시험을 해보마. 후이샹더우의 후이 자를 어떻게 쓰는지 아느냐?" 나는 속으로 거지꼴을 한 주제에 나를 시험하다니? 하고는 고개를 돌려버리고 상대하지 않았다. 쿵이지가 한참을 기다리다 진지하게 말했다. "쓸 줄 모르는 것이냐? ……내 가르쳐주마. 잊지 말거라! 그 글자는 필히 알아야 한다. 장차 네가 주인이 되면 장부를 써야 하니까." 나는 속으로 생각했다. 내가 주인이 될 날은 하늘과 땅만큼이나 아득하고, 게다가 우리 주인은 후이샹더우는 장부에 적지도 않는다고. 웃기기도 하고 귀찮기도 해서 심드렁하게 대답했다. "누가 가르쳐달래요? 초두머리++에 돌아올 후이回 아니에요?" 쿵이지가 아주 기뻐하며 두 손가락의 긴 손톱으로 카운터를 톡톡 치면서 고개를 끄덕였다. "맞다! 맞아! ……후이 자는 네 가지 필법이 있느니라. 그걸 아느냐?" 나는 점점 지겨워져 입을 삐죽이며 자리를 피하려고 했다. 쿵이지는 손톱에 술을 묻혀 카운터 위에 글자를 쓰려다 내가 지겨워하는 것을 보고 한숨을 내쉬며 안타깝다는 표정을 지었다.

더러는 이웃 아이들이 웃음소리를 듣고 구경 와서 쿵이지를 둘러싸는 경우도 있었다. 그러면 그는 아이들 먹으라고 후이샹더우를 한 알씩 나누어주었다. 아이들은 콩을 다 먹고도 흩어지지 않은 채 여전히 접시를 쳐다보았다. 쿵이지는 당황하여 다섯 손가락을 쫙 펴서 접시를 가리고 허리를 굽히며 말했다. "이제 없어. 나도 얼마 없어." 그러고는 몸을 곧게 펴고 다시 콩을 보더니 고개를 저으며 말했다. "얼마 없어라, 얼마 없어라! 많은가? 얼마 없도다!"* 그러면 모여 있던 아이들이 웃음을 터뜨리며 흩어졌다.

쿵이지는 이렇게 사람들을 즐겁게 했지만, 그가 없어도 다른 사람들은 그냥 살아갔다.

아마도 추석 이삼 일 전이었을 것이다. 어느 날 주인이 천천히 장부를 정리하면서 칠판을 내리더니 문득 말했다. "쿵이지 본 지 오래됐네. 외상이 십구 문 달려 있는데." 나는 그제야 그를 본 지 오래되었다는 것을 깨달았다. 술을 마시던 사람이 말했다. "그 사람이 올 리가 있남? ……다리가 분질러졌는데." 주인이 말했다. "저런!" "아직도 도둑질을 한대. 이번에는 정신이 어찌됐는지, 딩丁 대감 댁을 털러 들어갔대. 그 집이 뉘 집이라고 털릴 것 같아?" "그래서 어찌되었는데?" "어찌되긴? 자인서를 쓰고 나서 두들겨맞았지, 한밤중까지. 다리가 분질러지도록 말야." "그래서?" "다리가 분질러진 거지 뭐." "다리가 분질러져서 어떻게 되었는데?" "어떻게 되었느냐고? 그거야 모르지. 아마 죽었을걸." 주인은 더 묻지 않고 천천히 장부 정리를 계속했다.

추석이 지나고 가을바람이 하루가 다르게 서늘해졌다. 바야흐로 초겨울이 다가오고 있었다. 종일 불 곁에서 지내는 나도 솜옷을 입어야 했다. 어느 날 오후, 손님은 한 사람도 없고 나는 앉아서 졸고 있었다. 그런데 문득 "술 한 사발 데워줘" 하는 소리가

---

* 『논어』 '자한' 편에 나오는 문장.

들렸다. 무척 낮은 목소리였지만 귀에 익었다. 그런데 돌아보니 아무도 없었다. 일어나 밖을 보니 쿵이지가 카운터 밑에서 문지방 쪽을 보고 앉아 있었다. 얼굴이 시꺼먼데다 수척해서 사람 꼴이 아니었다. 너덜너덜한 겹저고리를 입고 책상다리를 하고 앉아 있는데, 거적을 깔고서 그것을 새끼줄로 묶어 어깨에 걸고 있었다. 나를 보더니 다시 말했다. "술 한 사발 데워줘." 주인이 고개를 내밀며 말했다. "쿵이지인가? 자네 아직 십구 문 외상이 있는데." 쿵이지가 풀이 죽은 채 고개를 들며 말했다. "그건…… 다음에 갚을게. 이번에는 현찰이니까 좋은 술 달라고." 주인이 여느 때처럼 웃으면서 그에게 말했다. "쿵이지, 자네 또 뭘 훔쳤다며?" 하지만 그는 애써 변명하지 않고 그저 "놀리지 마"라고 한마디만 했다. "놀리긴? 도둑질을 하지 않았으면 왜 다리가 분질러졌어?" 쿵이지가 낮은 소리로 말했다. "넘어져서 부러졌어. 넘어, 넘어져서……" 그의 눈빛이 제발 그만하라고 주인에게 애걸하는 것 같았다. 벌써 몰려든 사람들이 주인과 더불어 웃음을 터뜨렸다. 나는 술을 덥혀 들고 가서 문지방에 내려놓았다. 그가 누더기옷 호주머니에서 사 문을 꺼내 내 손에 내려놓는데 손이 온통 흙투성이였다. 이제 보니 손으로 걸어온 것이었다. 잠깐 사이에 사발을 비운 그는 다시 주위 사람들의 비웃음 속에서 앉은 채로 손을 써서 천천히 걸어나갔다.

그 이후 다시는 쿵이지를 보지 못했다. 연말이 되어 주인이 칠판을 내려놓으며 말했다. "쿵이지는 십구 문 외상이 남았네!" 이듬해 단오에도 또 말했다. "쿵이지 외상이 십구 문 남았네!" 하지만 추석에는 말이 없었고, 연말이 되어서도 그를 보지 못했다.

나는 지금까지도 그를 보지 못했다. 쿵이지는 진즉 죽었을 것이다.

1919년 3월

약

藥

1

가을날 밤이 절반을 지나 달은 내려갔지만 해는 아직 나오지 않아 하늘이 온통 검푸르렀다. 야행성인 것들 말고는 모두 잠에 빠져 있었다. 화라오솬華老栓은 벌떡 일어나 성냥을 그어 기름에 온통 절어 있는 등잔을 밝혔다. 찻집의 두 칸 방에 흐릿한 빛이 가득찼다.

"샤오솬小栓 아버지, 벌써 가게요?" 늙은 여자의 목소리였다. 안쪽 작은 방에서 한동안 기침 소리가 났다.

"음." 라오솬은 듣는 둥 마는 둥 대답하면서 옷의 단추를 채우고는 손을 내밀며 말했다. "이리 줘."

화씨댁이 베개 밑을 한참 뒤지더니 은화 꾸러미를 꺼내 라오솬에게 건넸다. 라오솬이 받아서 덜덜 떨며 호주머니에 넣고는 호주머니 위를 두 번 꾹꾹 눌렀다. 초롱에 불을 붙이고 등잔불은 끈 뒤 안쪽 방으로 갔다. 그 방에서 부스럭거리는 소리가 나더니 한바탕 기침이 이어졌다. 기침 소리가 그치자 라오솬이 조용히 말했다. "샤오솬아…… 일어날 것 없다…… 가게는 네 어미가 알아서 할 거다."

라오솬은 아들이 아무 말이 없자 편히 잠든 것으로 생각하고는 문을 열고 거리로 나섰다. 어두운 거리엔 아무도 없었고 희끔한 길만 또렷했다. 초롱불로 두 발을 비추며 한 걸음 한 걸음 걸었다. 개들하고 마주치기는 했지만 한 마리도 짖지 않았다. 날은 집 안보다 훨씬 추웠다. 하지만 라오솬은 되레 상쾌하게 느꼈고, 흡사 하루아침에 소년이 되고, 신통력이 생기고, 사람에게 생명을 부여해주는 능력이라도 생긴 것처럼 발걸음이 무척 가벼웠다. 게다가 길도 점점 또렷해지고 하늘도 환해졌다.

길을 걷는 데만 열중해 있던 라오솬은 문득 깜짝 놀랐다. 멀리 丁자 모양의 삼거리가 훤히 가로놓여 있었다. 그는 몇 걸음 물러나 문이 잠겨 있는 가게를 찾아 처마 밑으로 몸을 밀어넣고 문에 기대섰다. 조금 지나자 몸에서 한기가 느껴졌다.

"어이쿠, 영감탱이."

"재미 좀 보겠네……"

라오솬이 다시 깜짝 놀라 눈을 번쩍 뜨고 보자 몇 사람이 그의 앞을 지나가고 있었다. 한 사람은 그를 돌아보았는데, 모습은 또렷하지 않았지만 마치 오랫동안 굶주린 사람이 먹을 것을 발견한 것처럼 금방이라도 낚아챌 듯한 빛이 눈에서 번득했다. 라오솬은 초롱불을 보았지만 불은 진즉 꺼져 있었다. 호주머니를 눌러보니 딱딱한 것이 그대로 있었다. 고개를 들어 양쪽을 둘러보니 괴이하게 생긴 사람들이 두셋씩 짝을 지어 귀신처럼 그곳을 배회하고 있었다. 그런데 눈을 씻고 다시 보자 괴이한 것이라고는 아무것도 보이지 않았다.

얼마 지나지 않아 군인 몇 명이 저쪽에서 걸어오는 게 보였다. 옷 앞뒤로 붙어 있는 하얀 동그라미가 멀리서도 훤히 보였는데, 가까이 다가오자 군복 끝에 둘러진 검붉은 테두리까지 보였다. 발걸음 소리가 울리더니 눈 깜짝할 사이에 한 무리 사람들이 지나갔다. 두세 명이던 사람들이 금세 한 무리가 되어 파도처럼 앞으로 달려가더니 丁자 모양의 삼거리에 이르러 갑자기 멈추어 서서 반원을 이루었다.

라오솬도 그쪽을 쳐다보았지만 모여 있는 사람들의 뒷모습밖에 보이지 않았다. 다들 목을 길게 빼고 있는 것이 흡사 수많은 오리가 형체가 보이지 않는 손에 붙잡혀 위로 들린 것 같았다. 한

순간 조용하더니 무슨 소리가 나는 듯했다. 그러자 다시 동요가 일었고, 탕 하는 소리가 나자 다들 뒤로 물러섰다. 라오솬이 서 있는 곳까지 흩어져 오는 바람에 라오솬은 밀려 넘어질 뻔했다.

"이봐! 돈 주고 물건 받아!" 온통 까만 사람이 라오솬 앞에 서 있는데, 칼날 같은 눈빛에 찔려 라오솬은 몸이 반으로 오그라들었다. 그 사내가 커다란 한 손을 그에게 내밀었다. 다른 한 손에는 붉은 만터우를 쥐고 있었는데, 붉은 것이 아직도 뚝뚝 떨어졌다.

라오솬은 다급하게 은화를 꺼내 손을 떨면서 건네주려 했지만 사내가 들고 있는 것을 선뜻 건네받을 엄두가 나지 않았다. 사내가 조급해하며 소리쳤다. "뭐가 겁나? 안 받을 거야!" 라오솬이 여전히 머뭇거렸다. 온통 까만 사내가 초롱을 채가더니 종이 등갓을 찢어 만터우를 싸서는 라오솬에게 드밀었다. 그리고 다른 손으로 은화를 낚아채 쥐더니 돌아서서 가며 중얼거렸다. "저런 영감탱이허구는……"

"그걸로 누구 병을 고치려고?" 누가 묻는 듯했지만 라오솬은 대답하지 않았다. 그의 신경은 지금 온통 꾸러미에 가 있었다. 십대 독자라도 안고 있는 것처럼 다른 일은 전혀 안중에 없었다. 그는 지금 이 꾸러미 속의 새 생명을 그의 집에 옮겨 심어 한없는 행복을 얻으려는 것이다. 해도 올라와 그의 앞에 집까지 이어지는 큰길이 펼쳐졌다. 뒤쪽으로는 丁자 모양 삼거리 초입의 낡은 간판에 적힌 '고□정구古□亭口'라는 희미한 금박 글씨가 햇빛에 반짝였다.

2

라오솬이 집에 오자 가게는 벌써 깨끗하게 정리되어 있었다. 가지런히 늘어선 차탁은 반질반질 윤이 났다. 하지만 손님은 없었다. 샤오솬만 안쪽에 놓인 탁자에서 밥을 먹고 있었다. 굵은 땀방울이 이마에서 굴러떨어지고 겹저고리도 등에 들러붙어 있었다. 양쪽 어깨뼈가 높이 솟아 八자를 양각한 것 같았다. 이런 모양을 보자 라오솬의 이맛살이 다시 찌푸려졌다. 그의 처가 부엌에서 다급하게 나왔다. 눈을 동그랗게 뜨고 입술을 여리게 떨면서.

"구했어요?"

"구했어."

두 사람은 같이 부엌으로 가서 한동안 수군거렸다. 조금 뒤 화씨댁이 먼저 밖으로 나오더니 오래된 연잎을 가져와 탁자에 놓았다. 그러자 라오솬이 등갓 종이를 펼치고 연잎으로 그 붉은 만터우를 다시 쌌다. 샤오솬이 밥을 다 먹자 그의 어머니가 다급하게 말했다.

"샤오솬아, 그냥 앉아 있어라, 이리 오지 말고."

아궁이의 불을 돋우면서 라오솬은 파란 연잎에 싼 만터우와 울긋불긋한 찢어진 등갓을 같이 아궁이 속으로 밀어넣었다. 한 줄기 검붉은 불길이 일자 가게에 야릇한 냄새가 가득 퍼졌다.

"거참 고소하다! 무슨 맛있는 걸 먹는담?" 곱사등이 우五 도령이었다. 날마다 찻집에서 온종일 사는 이로, 가장 먼저 와서 가장 늦게 갔다. 때마침 길 쪽 구석자리를 찾아 앉으며 물었지만 받아주는 이가 없었다. "쌀죽을 쑤는 건가?" 그래도 반응이 없었다. 라오솬이 총총히 나와 차를 따라주었다.

"샤오솬아, 들어오거라!" 화씨댁이 샤오솬을 안쪽 방으로 불러들였다. 방 가운데 의자를 놓자 샤오솬이 앉았다. 어머니가 까맣고 둥근 것이 놓인 접시를 받쳐들고 와서 말했다.

"먹어라, 병이 금방 나을 거다."

샤오솬이 까만 것을 집어들고 쳐다보았다. 자신의 생명이라도 들고 있는 듯이 형언할 수 없는 기묘한 느낌이 들었다. 조심스럽게 쪼개자 까맣게 탄 껍질 안쪽에서 하얀 김이 피어올랐다. 하얀 김이 흩어지자 두 쪽으로 나뉜 하얀 만터우가 드러났다. 얼마 되지 않아 뱃속으로 다 들어갔고 무슨 맛인지조차 잊어버렸다. 앞에 남은 것이라곤 빈 접시뿐이었다. 샤오솬의 양옆으로 한쪽에는 아버지가 서 있고, 다른 쪽에는 어머니가 서 있었다. 두 사람 다 그의 몸에 무엇인가를 집어넣었다 꺼내려는 듯한 눈빛이었다. 가슴이 뛰기 시작했다. 가슴을 누르자 이번에는 기침이 터져 나왔다.

"좀 자거라. 좋아질 게다."

샤오솬은 어머니 말에 따라 콜록거리면서 잠이 들었다. 화씨댁은 그의 기침이 잦아들자 누덕누덕 기운 이불을 가만히 덮어주었다.

3

가게에 손님이 많아 라오솬도 바빴다. 큰 구리주전자를 들고 이리저리 오가며 손님들에게 차를 따라주었다. 두 눈 언저리에 까만 테가 선연했다.

"라오솬, 어디 안 좋은가? 어디 아파?" 수염이 희끗희끗한 사람이 말했다.

"아녜요."

"아냐? 싱글거리는 걸 보니 아닌 것 같기는 한데……" 수염이 희끗희끗한 사람이 자기 말을 취소했다.

"라오솬이 바빠서 그렇지 뭐. 저 사람이 아들만……" 곱사등이 우 도령이 말을 채 끝맺기 전에 얼굴이 험악한 사내가 불쑥 들어섰다. 검은 적삼을 입었는데 단추를 풀어헤치고 넓은 검은색 허리띠를 아무렇게나 허리에 둘렀다. 들어서자마자 라오솬에게 큰 소리를 질렀다.

"먹었어? 좋아졌어? 라오솬, 운이 좋았어, 당신! 운이 좋은 거지, 내가 재빠르게 알려주지 않았다면……"

라오솬은 한 손에 찻주전자를 들고 다른 손은 공손하게 내려뜨리고는 싱글거리면서 말을 들었다. 가게에 가득찬 손님들도 얌전하게 귀를 기울였다. 화씨댁도 눈 주위에 까만 테가 선연한 채로 싱글거리며 찻잎과 찻잔을 내왔고, 거기에 감람을 띄우자 라오솬이 재빨리 물을 따랐다.

"이건 틀림없이 나아! 다른 것하고 다르거든. 따끈따끈할 때 가져와서 따끈따끈할 때 먹었으니 말이야." 얼굴이 험악한 사내가 큰소리쳤다.

"누가 아니래요. 캉康 아저씨가 아니었으면 어디 될 일이었나요……" 화씨댁이 감격스러운 듯 그에게 감사를 표했다.

"틀림없이 낫는다고, 틀림없이! 그렇게 따끈따끈할 때 먹었으니 말이야. 그런 인혈人血 만터우는 아무리 폐병이라도 틀림없다고!"

화씨댁이 '폐병'이라는 두 글자를 듣더니 안색이 조금 변했다. 불쾌한 모양이었다. 하지만 이내 웃음을 띠며 슬그머니 자리를 떴다. 캉 아저씨는 그런 줄도 모르고 계속 목청을 높여 숫제 소리를 지르고 있었고, 안에서 자고 있던 샤오솬도 콜록거리며 잠에서 깰 정도였다.

"자네 집 샤오솬이 그렇게 운이 좋았구먼. 그 병 분명 나을 거야. 어쩐지 라오솬이 온종일 싱글벙글하더라니." 수염이 희끗희끗한 사내가 이렇게 말하며 캉 아저씨 쪽으로 가서 가만히 말했다. "캉씨, 오늘 결딴난 죄인이 샤夏씨 집안 자식이라는데, 누구 자식이야? 대체 어찌된 거야?"

"누구냐고요? 샤씨 넷째 아주머니 아들 아니겠어요? 그놈이오!" 캉 아저씨는 사람들이 귀를 쫑긋하고 자기 말을 듣자 기분이 몹시 좋아져 험상궂은 얼굴을 씰룩거리며 점점 큰 소리로 말했다. "그 자식 죽고 싶어 환장한 거야, 제놈이 죽고 싶으면 그만이지 뭐. 그런데 난 이번에 하나도 못 건졌어. 벗겨낸 옷조차 빨강눈깔 간수 아이阿義가 가져가버리고. 우리 라오솬이 제일 재수가 좋았고, 그다음은 은화 스물다섯 냥을 상으로 받은 샤씨네 셋째 나리지. 혼자 허리에 꿰차고는 한 푼도 쓰지 않더구먼."

샤오솬이 천천히 작은 방에서 나왔다. 두 손으로 가슴을 누르고 연신 기침을 했다. 부뚜막까지 가서 찬밥 한 그릇을 푸더니 뜨거운 물을 부어 앉아서 먹었다. 화씨댁이 그의 뒤에서 넌지시 물었다. "샤오솬아, 좀 낫니? 아직도 그냥 배만 고파?"

"틀림없이 나을 거야, 틀림없이!" 캉 아저씨가 샤오솬을 슬쩍 보더니 다시 고개를 돌려 사람들에게 말했다. "샤씨네 셋째 나리는 정말 약삭빠르단 말이야. 그 양반이 먼저 신고를 안 했으면 그 집안은 온통 거덜났을 거야. 그런데 지금 보라고, 돈까지 생겼잖아! 죽은 그놈은 정말 꼴값이더구먼. 감옥에서도 간수더러 반란에 가담하라고 꼬드겼다니 말이야."

"허참, 그게 될 일인가요." 뒷줄에 앉아 있던 스무 살 남짓한 사람이 화가 치민다는 듯 말했다.

"어땠는지 알아. 빨강눈깔 아이가 자초지종을 묻자 글쎄 그자가 도리어 말을 걸어왔다는 거야. 그자가 그러더래. 이 대청제국의 천하가 우리 모두의 것이라고 말이야. 생각해보라고. 이게 사람이 할 소리야? 빨강눈깔은 그자 집에 홀어머니밖에 없다는 것은 알았지만, 그렇게 가난할 줄은 몰랐다는 거야. 쥐어짜도 기름 한 방울 안 나와 화가 머리끝까지 나 있던 참이었지. 그런데 그자가 잠자는 호랑이를 건드린 게지. 뺨을 두 대나 갈겨버렸다더군."

"아이 형이 한주먹하는데, 두 대를 맞았으면 제대로 맛 좀 봤겠군." 구석자리에 있던 곱사가 갑자기 신이 나서 말했다.

"그런데 그 천박한 놈이 겁도 없이 불쌍하구나, 불쌍하구나 했다는 거야."

수염이 희끗희끗한 사내가 말했다. "그런 놈을 패는 게 뭐가 불쌍해?"

캉 아저씨가 한심하다는 표정으로 비웃으며 말했다. "내 말을 잘못 알아들었구먼. 그자가 아이더러 불쌍하다고 한 거라니까!"

듣고 있던 사람들 눈빛이 갑자기 얼어붙더니 얘기도 멈추었다. 샤오솬은 밥을 다 먹었다. 밥을 먹는 동안 온몸이 땀에 흠뻑 젖었고 머리에서도 김이 모락모락 났다.

"아이더러 불쌍하다니…… 빌어먹을, 완전히 돌았군." 수염이 희끗희끗한 사내가 뭔가 크게 깨닫기라도 한 것처럼 말했다.

"돌았어요." 스무 살 남짓한 사람도 뭔가 크게 깨닫기라도 한 것처럼 말했다.

가게에 앉아 있던 손님들이 다시 활기를 띠며 웃으면서 이야기를 나누기 시작했다. 샤오솬도 시끌벅적한 분위기를 틈타 마음껏 기침을 했다. 캉 아저씨가 다가와 그의 어깨를 두드리며 말했다.

"틀림없이 나을 거다. 샤오솬, 그렇게 기침도 안 할 거고. 틀림없이 나아!"

"미쳤어." 곱사등이 우 도령이 고개를 주억거리며 말했다.

4

서문 밖 성벽에 잇닿아 있는 땅은 원래 나라 땅이었다. 그 가운데로 구불구불 난 좁은 길은 질러다니는 사람들의 발길 때문에 만들어진 것이었는데, 이제는 자연스레 경계선이 되었다. 길 왼쪽엔 사형당하거나 옥사한 사람들이 묻혀 있고, 오른쪽은 가난한 사람들의 공동묘지였다. 양쪽 모두 무덤이 겹겹이 들어서 있는 것이 꼭 부잣집 생일 잔칫상에 만터우를 쌓아놓은 것 같았다.

그해 청명절은 몹시 추웠다. 버들은 쌀 반 톨만한 새싹을 겨우 밀어냈다. 날이 채 밝지도 않았는데 화씨댁은 벌써 길 오른쪽에 있는 새 무덤 앞에 반찬 네 접시와 밥 한 그릇을 차려놓고 한바탕 곡을 했다. 그러고는 지전*을 불사르고 멍하니 땅바닥에 앉아 있었다. 흡사 뭔가를 기다리는 것 같았지만 그녀 자신도 무엇을 기다리는지 알지 못했다. 여린 바람이 일어 그녀의 짧은 머리를 날렸다. 확실히 작년보다 흰머리가 늘었다.

좁은 길을 따라 또 한 여인이 올라왔다. 역시 반백의 머리였고 차림이 남루했다. 붉은 칠을 한 낡은 광주리에 지전 꾸러미를 늘어뜨리고 조금 걷다 쉬고 또 걷다 쉬었다. 그러다 화씨댁이 바닥

---

* 제사나 장례에 쓰기 위해 종이로 만든 돈.

좁은 길을 따라 또 한 여인이 올라왔다.
역시 반백의 머리였고 차림이 남루했다.
……왼쪽에 있는 무덤 앞으로 가더니 광주리를 내려놓았다.

에 주저앉아 그녀를 보고 있는 것을 알고는 다소 머뭇거렸다. 창백한 얼굴에 부끄러워하는 빛이 보였다. 하지만 결국 마음을 다잡고 왼쪽에 있는 무덤 앞으로 가더니 광주리를 내려놓았다.

그 무덤과 샤오솬의 무덤은 일자로 나란히 있었고, 가운데 좁은 길이 가로놓여 있을 뿐이었다. 화씨댁은 그녀가 반찬 네 접시와 밥 한 그릇을 차려놓고 한바탕 곡을 하고 지전을 사르는 것을 지켜보며 속으로 생각했다. '저 무덤도 아들 무덤이구먼.' 그 늙은 여인이 서성이면서 주위를 둘러보더니, 갑자기 손발을 떨며 비칠비칠 뒤로 몇 걸음 물러나 눈만 멀뚱거린 채 멍하니 있었다.

그 모양을 본 화씨댁은 그녀가 너무 상심한 나머지 실성하는 게 아닌가 걱정이 들었다. 그래서 못내 몸을 일으켜 좁은 길을 건너가 낮은 목소리로 말을 건넸다. "저, 할머니, 너무 상심 마세요. 우리 그만 돌아갑시다."

그이가 고개를 끄덕였다. 눈은 여전히 위로 치켜뜬 채였는데 낮게 떠듬거리며 말했다. "저기 좀 보세요. 저게 대체 뭐지요?"

화씨댁이 그녀의 손가락이 가리키는 곳을 쳐다보다 눈길이 앞에 있는 무덤에 미쳤다. 무덤은 풀이 채 덮이지 않아서 군데군데 황토가 드러나 보기 흉했다. 더 위쪽을 자세히 쳐다보다가 화씨댁은 저도 모르게 깜짝 놀랐다. 분명 붉고 흰 꽃들이 봉긋하게 솟은 무덤 꼭대기를 둘러싸고 있었다.

눈이 침침해진 지 오래인 여자들이었지만 붉고 하얀 꽃들은 또렷이 알아볼 수 있었다. 꽃은 그리 많지는 않았지만 둥글게 원을 그리고 있었고 아주 싱싱하지는 않아도 가지런히 놓여 있었다. 화씨댁이 자기 아들 무덤과 다른 이들의 무덤을 서둘러 돌아보았는데, 추위를 타지 않는 조그맣고 하얀 꽃들 몇 송이가 듬성듬성 피어 있을 뿐이었다. 속에서 문득 왠지 모를 결핍감과 공허감이 일었지만, 곰곰이 생각해보고 싶지 않았다. 늙은 여인이 다시 몇 걸음 다가가 자세히 한 번 보더니 혼자 중얼거렸다. "뿌리가 없는 것을 보니 절로 핀 것 같지는 않구먼. 이런 곳에 누가 왔을까? 아이들이 놀러왔을 리도 없고. 친척들도 진즉 발길을 끊었는데. 어찌된 거지?" 그녀가 한참 생각에 빠져 있더니 울컥 눈물을 쏟으며 소리쳤다.

"위瑜야, 그자들이 너를 모함했으니 네가 아직도 잊지 못하고 억울한 나머지, 오늘 일부러 영험한 것을 보여줘 내가 알도록 하는 게냐?" 그녀는 주위를 쓱 둘러보다 잎이라곤 하나 없는 나뭇가지에 앉아 있는 까마귀 한 마리를 보고 말을 이었다. "내 알았다. 위야, 가련한 그자들이 너를 모함한 거다. 그자들 필시 천벌을 받을 거다. 하늘이 알지. 넌 그저 편안히 눈감으면 된다. 네가 정말 여기 있어서 내 말을 들었거든, 저 까마귀가 네 무덤 위로 나는 것을 나한테 보여주거라."

여린 바람은 진즉 멈추었다. 마른 풀이 꼿꼿이 서 있는 것이 마치 철사 같았다. 한줄기 떨리는 소리가 공기를 타고 점점 열어지다 마침내 사라지고 주위가 온통 죽음처럼 고요해졌다. 두 사람은 마른 풀밭에 서서 까마귀를 올려보았다. 까마귀는 곧게 뻗은 나뭇가지 사이에서 고개를 움츠린 채 주물로 뜬 것처럼 서 있었다.

한참 시간이 지났다. 성묘하러 오는 사람들이 점점 많아졌고, 노인과 아이 몇이 무덤 사이로 보였다 사라졌다.

화씨댁은 웬지 무거운 짐이라도 내려놓은 듯한 기분이었다. 이제 가야겠다고 생각하고는 "우리 이제 가지요"라고 권했다.

늙은 여인은 한숨을 내쉬면서 풀이 죽어 제물을 수습하고는, 또 잠깐 머뭇거리다 결국 천천히 걸음을 뗐다. 입으로는 혼잣말을 중얼거리면서. "이게 대체 무슨 일인지? ……"

그들이 이삼십 걸음도 못 갔을 때 뒤쪽에서 "까욱" 하는 큰 울음소리가 들렸다. 두 사람은 놀란 듯이 고개를 돌렸다. 두 날개를 활짝 편 까마귀가 몸을 솟구치더니 곧장 먼 하늘을 향해 화살처럼 날아가는 게 보였다.

1919년 4월

어떤 작은 사건

一件小事

내가 시골에서 베이징에 온 지 어느새 육 년째이다. 그동안 귀로 듣고 눈으로 본 나라의 큰일도 적지 않다. 하지만 그것들은 내 마음에 아무런 흔적도 없고, 그런 일들이 내게 끼친 영향을 들라면 내 고약한 성깔을 더 나쁘게 만들었다는 것뿐이다. 솔직히 말해, 내가 갈수록 사람들을 경멸하게 만들었다.

하지만 한 가지 작은 사건만은 내게 의미가 있어서, 나를 고약한 성깔에서 끌어내주었고 지금도 잊히지가 않는다.

그것은 민국 6년 겨울이었다. 거센 북풍이 사납게 몰아쳤지만 나는 생계 때문에 부득불 아침 일찍 길을 나섰다. 길에는 인적이 드물었고 겨우 인력거를 잡아 S문門으로 가달라고 했다. 얼마 지나지 않아 북풍이 잦아들었고 길을 덮은 먼지도 말끔히 씻겨나가 하얀 대로가 드러났고, 인력거꾼도 한결 빨리 달렸다. 거의 S문에 도착할 무렵 갑자기 인력거 손잡이에 어떤 사람이 걸려 천천히 넘어졌다.

넘어진 사람은 여자였는데 백발이 성성하고 차림새가 허름했다. 그 노파가 길가에서 갑자기 인력거 앞을 가로지르려 하자 인력거꾼이 재빨리 피했는데, 단추를 채우지 않은 노파의 낡은 솜저고리가 바람에 펄럭이면서 인력거 손잡이에 걸려버린 것이었다. 다행히 인력거꾼이 재빨리 멈추었기에 망정이지 하마터면 곤두박질쳐서 머리가 깨질 뻔했다.

노파가 땅에 엎어지자 인력거꾼도 멈춰 섰다. 나는 이 노파가 다치지도 않고 다른 본 사람도 없는데 괜히 일을 벌이고 시비를 걸어서 내 갈 길을 지체시킨다고 생각했다.

그래서 인력거꾼에게 말했다. "괜찮으니 어서 갑시다!"

인력거꾼은 조금도 아랑곳하지 않은 채—아니면 전혀 못 들었거나—인력거를 내려놓고 노파의 팔을 부축해 천천히 일으켜 세우더니 물었다.

"괜찮으세요?"

"넘어져서 부러졌어."

나는 생각했다. 당신이 천천히 넘어지는 것을 내가 똑똑히 보았는데, 넘어져서 부러지다니? 엄살도 유분수지, 정말 가증스럽군. 인력거꾼 당신이 쓸데없는 짓을 해 사서 고생하게 생겼으니 이제 알아서 하라고.

노파의 말을 들은 인력거꾼은 조금도 망설임 없이 그이의 팔을 부축하고 한 걸음 한 걸음 앞으로 걸어갔다. 조금 이상한 생각이 들어 서둘러 앞쪽을 보니 파출소였다. 거센 바람이 쓸고 간 뒤라 밖에는 사람 하나 없었다. 인력거꾼이 노파를 부축하고 그곳 정문을 향해 걸어가고 있었다.

그때 나는 갑자기 이상한 느낌이 들었다. 온통 먼지투성이인 그의 뒷모습이 순식간에 커다랗게 보이더니 갈수록 커졌고, 급기야 고개를 쳐들어야 볼 수 있을 정도가 되었다. 게다가 그는 내게 점점 위압적인 존재로 변했고, 심지어 내 가죽 외투 안에 감추어진 '좀스러움'을 쥐어짜는 것 같았다.

그 순간 내 생명력이 움직임을 멈춘 것 같았다. 나는 꼼짝않고 아무 생각도 없이 앉아 있다 파출소에서 순경이 나오는 것을 보고서야 인력거에서 내렸다.

순경이 내게 다가와 말했다. "다른 인력거를 부르세요. 저 사람은 못 모시겠네요."

나는 곧장 외투 호주머니에서 동전 한 움큼을 꺼내 순경에게 쥐여주며 말했다. "그 사람에게 좀 전해주시오……"

바람이 완전히 멈추었고 길도 조용했다. 나는 걸었다. 그러면

노파의 말을 들은 인력거꾼은 조금도 망설임 없이
그이의 팔을 부축하고 한 걸음 한 걸음 앞으로 걸어갔다.

생각했다. 하지만 생각이 나 자신에게 미칠까 두려웠다. 아까 일은 그렇다 치고, 동전 한 움큼을 준 것은 또 무엇이란 말인가? 그에게 상을 줄 것인가? 내가 인력거꾼을 심판할 수 있는가? 나는 스스로에게 답을 할 수 없었다.

이 일은 지금까지도 늘 기억하고 있다. 그때마다 늘 고통스럽지만, 스스로를 되돌아보려고 노력한다. 최근 몇 년 동안 일어난 나랏일은 내가 어려서 배운 "공자 왈, 『시경』에 이르기를"처럼 반 구절도 기억하지 못한다. 하지만 유독 이 작은 사건만큼은 늘 내 눈앞에 어른거리고, 어떤 때는 오히려 더 선명해져 나를 부끄럽게 하고 나를 새롭게 만들고 내게 용기와 희망을 불어넣어준다.

1920년 7월

소동

風波

강을 마주하고 있는 마당에서는 태양이 온통 노랗던 빛줄기를 서서히 거둬들이고 있었다. 마당 한옆으로 강물 가까이 있는 오구나무의 바짝 마른 잎들이 이제야 겨우 숨을 돌리고, 흰줄숲모기 몇 마리가 그 아래서 윙윙거리며 날았다. 강을 마주한 농가의 굴뚝에서 피어오르던 연기가 점점 잦아들었다. 여자들과 아이들이 자기 집 앞마당에 물을 뿌리고는 조그만 탁자와 낮은 의자를 내다놓았다. 사람들은 이제 저녁 먹을 때라는 것을 안다.

노인들과 남자들은 낮은 의자에 앉아 커다란 파초 부채를 부치며 한담을 나누었다. 아이들은 풀풀 뛰어다니기도 하고 오구나무 아래 쪼그리고 앉아 공기놀이를 하기도 했다. 여자들은 까만 나물과 송홧가루 빛이 도는 누런 쌀밥을 내왔다. 더운 김이 모락

모락 피어올랐다. 문인들의 놀잇배가 마침 지나다가 어느 저명한 문인이 이 장면을 보았다면 크게 시흥詩興이 일어 읊조렸을 것이다. "걱정도 시름도 없으니 이것이 바로 전원의 즐거움 아니랴!"

하지만 그런 저명한 문인의 말은 사실과 맞지 않다. 그 사람은 아직 구근九斤 할멈의 말을 듣지 못해서 그런 소리를 했을 것이다. 그때 구근 할멈은 찢어진 파초 부채로 의자 다리를 치면서 무척 성을 내고 있었다.

"내가 일흔아홉이 되도록 살았어. 살 만큼 살았지. 망할 놈의 집 꼬락서니허구는. 어서 죽어야지. 바로 밥 먹을 거면서 콩 볶은 걸 먹어? 그렇게 처먹다 집안 망하는 꼴을 봐야지!"

할멈의 증손녀인 육근이가 콩을 한 움큼 움켜쥐고 맞은편에서 달려오다 이런 상황을 보고 얼른 강가 쪽으로 달려가 오구나무 뒤에 숨었다. 그리고 두 갈래로 땋아내린 조그만 머리를 내밀고 소리쳤다. "저 할망구는 죽지도 않아!"

구근 할멈은 나이는 많아도 귀는 아직 먹지 않았는데, 그래도 아이의 말을 듣지 못한 채 그저 자기 말만 했다. "정말 대가 내려갈수록 엉망이야!"

이 동네 관습은 좀 특이했다. 여자가 아이를 낳으면 저울로 무게를 달아 그 근수로 아명兒名을 삼았다. 구근 할멈은 쉰 살 생일 잔치를 한 뒤로 점점 불평꾼이 되어갔다. 늘 당신이 젊었을 때는 날씨가 지금처럼 덥지 않았다느니, 콩도 지금처럼 딱딱하지 않았다느니 불평을 입에 달고 살았다. 어쨌든 지금 세상은 글러먹었다는 것이다. 육근이가 당신 증조부보다 세 근이나 적고 일곱 근이었던 당신 아버지보다 한 근이나 적은 것이 부정할 수 없는 증거라는 거였다. 그래서 다시금 힘주어 말하는 것이다. "정말 대가 내려갈수록 엉망이야!"

할멈의 며느리* 칠근댁이 밥 광주리를 들고 탁자 쪽으로 가더니 밥 광주리를 탁자에 내던지고 씩씩거리며 말했다. "어머님이 그랬잖아요. 육근이 낳았을 때 여섯 근 다섯 냥이었다고. 그때 집안 저울도 집에서 만든 거라 근수가 적게 나오는 열여덟 냥 저울이었고요. 열여섯 냥 저울이었으면 우리 육근이는 일곱 근이 넘었을 거예요. 어쩌면 시할아버지나 시아버지도 아홉 근, 여덟 근이 안 되었을지 몰라요. 열네 냥이 한 근인 저울로 달았을지도……"

"대가 내려갈수록 엉망이야!"

칠근댁은 뭐라 대꾸하기 전에 남편 칠근이 좁은 골목에서 나오는 것이 보이자 그쪽에다 대고 칠근에게 소리를 질렀다. "저런 썩을 양반이 이제 오는 것 좀 봐. 어딜 그렇게 죽어라 쏘다녀요!

---

* 작가의 착오로, 문맥에 따르면 손자며느리여야 함.

밥 해놓고 기다린 지가 언제인데!"

칠근은 시골 사람이긴 해도 일찍부터 출세하려는 뜻을 품고 있었다. 그의 할아버지 때부터 자기까지 삼대가 괭잇자루라곤 잡아본 일이 없었다. 그도 자기 조상들처럼 다른 사람 밑에서 배 젓는 일을 했고 매일 한 번 새벽에 성으로 들어갔다 저녁 무렵에 루 진으로 돌아왔다. 그래서 세상 돌아가는 일에 꽤 밝았다. 어느 동네 지네귀신이 벼락을 맞았다느니, 어느 동네 처녀가 귀신의 자식을 낳았다느니 하는 것들이었다. 그는 동네에서 확실히 알아주는 사람이었다. 하지만 여름에는 불을 켜지 않고 저녁을 먹는 것이 이 마을 관습인데 이렇게 늦게 집에 왔으니 욕을 먹는 건 당연했다.

칠근은 상아 물부리에 백동 대통으로 된 여섯 자가 넘는 긴 반죽斑竹 담뱃대를 손에 쥐고서 고개를 숙인 채 천천히 걸어와 의자에 앉았다. 육근이도 그 틈에 얼른 달려와 그 곁에 앉으며 아빠를 불렀다. 칠근은 대꾸가 없었다.

"대가 내려갈수록 엉망이야!" 구근 할멈이 말했다.

칠근이 천천히 고개를 들더니 한숨을 내쉬며 말했다. "황제께서 등극하셨대요."

칠근댁은 순간적으로 멍해졌다 문득 이거다 싶은 생각이 들어 말했다. "정말 잘됐네. 그러면 황제께서 대사면령을 내리실 것

아네요!"

칠근이 다시 한숨을 내쉬며 말했다. "난 변발이 없잖아."

"황제께서 변발이 있어야 한대요?"

"황제께서 변발이 있어야 한대."

"당신이 어떻게 알아요?" 칠근댁이 다급해져서 재촉하며 물었다.

"셴헝 주점 사람들이 다 그러던데 뭐."

칠근댁은 그제야 일이 좋지 않게 돌아가고 있다는 것을 직감했다. 셴헝 주점은 소식에 정통한 곳이기 때문이다. 여자가 칠근의 빡빡 민 머리를 힐끔 보더니 화가 치밀어 원망하면서 욕을 하고 분풀이를 했다. 그러다 절망하고는 밥을 퍼서 칠근 앞에 내던지며 말했다. "어서 밥이나 처먹어요. 그렇게 죽을상을 한다고 변발이 나오겠어요?"

태양이 마지막 빛줄기를 거두어가고, 물에는 다시 차가운 기운이 천천히 되살아났다. 마당에서는 밥그릇에 젓가락 부딪는 소리가 울리고 사람들 등줄기에는 온통 땀방울이 맺혔다. 칠근댁이 밥 세 그릇을 깨끗이 비우고 문득 고개를 드는데 자신도 모르게 가슴이 벌렁거리기 시작했다. 오구나무 잎 사이로, 키가 작고 통통한 자오치趙七 나리가 외나무다리를 건너오고 있는 게 보였다. 그는 파란 죽포 장삼까지 걸치고 있었다.

자오치 나리는 옆동네 마오위안茂源 주점 주인으로, 이 근방 삼십 리 안에서 유일한 유명 인사이자 학문을 한 사람이었다. 학문을 한 사람이라 그런지 그는 청나라 때 한자리한 것 같은 분위기마저 풍겼다. 김성탄金聖嘆이 해설을 한 십여 권짜리 『삼국지』를 갖고 있어서, 늘 앉아 한 자 한 자 소리 내어 읽곤 했다. '오호대장군五虎大將軍'이 누구누구인지 이름을 알 뿐만 아니라 황충黃忠의 자字가 '한승漢升'이고, 마초馬超의 자가 '맹기孟起'라는 것도 알았다. 혁명*이 나자 변발을 머리 꼭대기에 둘둘 말아올렸는데 그 모양이 영락없이 도사였다. 늘 조자룡趙子龍이 살아 있었던들 세상이 이 지경으로 엉망이 되지는 않았을 것이라며 한숨을 내쉬었다. 눈이 좋은 칠근댁은 자오치 나리가 오늘은 도사 같은 차림이 아니라는 것을 금세 알아보았다. 두피가 번들거렸고 머리꼭대기가 까맸다. 그녀는 분명 황제가 보위에 올랐다는 것을, 그리고 꼭 변발이 있어야 하고 칠근이 필시 경을 치게 생겼다는 것을 바로 알아차렸다. 자오치 나리가 저런 죽포 장삼을 입었다는 것은 예삿일이 아니었다. 근 삼 년 동안 딱 두 번 입었는데, 한 번은 그와 상극인 곰보 아쓰阿四가 병이 났을 때였고, 또 한 번은 그의 술

---

* 신해혁명.

집을 박살냈던 루魯 나리가 죽었을 때였다. 그리고 지금이 세번째였다. 이건 분명 그에게는 경사이고 그의 원수에게는 재앙이었다.

칠근댁은 두 해 전에 칠근이 술에 취해 자오치 나리를 "쌍놈의 자식"이라고 욕했던 게 생각났다. 그래서 칠근이 경을 치게 생겼다는 것을 직감적으로 알아차리고 심장이 갑자기 콩콩 뛰기 시작했다.

자오치 나리가 내처 걸어오자 앉아서 밥을 먹던 사람들이 죄다 일어나 젓가락으로 자기 밥그릇을 가리키며 말했다. "치 나리, 같이 식사 좀 드시지요." 치 나리는 연신 고개를 끄덕이며 "자네들이나 어서 들게, 어서" 하면서도, 칠근네 탁자 옆으로 다가왔다. 칠근네 식구들이 다급하게 인사하자 치 나리도 미소를 지으며 "어서들 들게, 어서"라고 말하면서 그들의 밥과 반찬을 자세히 훑어보았다.

"맛있어 보이는 나물이구먼. 근데 소문은 들었남?" 자오치 나리가 칠근 뒤쪽에 서서 칠근댁을 보고 말했다.

"황제가 등극하셨다더군요." 칠근이 말했다.

칠근댁이 자오치 나리의 얼굴을 살피면서 애써 웃음을 지으며 말했다. "황제가 등극하셨으니 언제 대사면령이 내려질까요?"

"황제의 대사면령? 대사면령이야 늦더라도 어쨌든 내려지겠

치 나리는 여기까지 말하더니 갑자기 목소리가 엄숙해졌다.

"그런데 자네 집 칠근이 변발 말야……"

지." 치 나리는 여기까지 말하더니 갑자기 목소리가 엄숙해졌다. "그런데 자네 집 칠근이 변발 말야, 변발? 그게 중요하지. 자네들 아는감? 장발적이 들고일어났을 때* 머리를 늘어뜨린 사람들은 목숨이 남지 않았고, 목숨이 남은 사람들은 머리를 늘어뜨리지 않았지……"

칠근과 그의 아내는 배운 것이 없어 옛 문헌 투로 하는 말의 심오한 이치는 잘 이해하지 못했지만, 학문을 한 치 나리가 이렇게 말한 이상 일이 당연히 매우 중차대하고 어찌 만회해볼 수 없는 상황이며, 사형선고를 받은 것이나 진배없다는 생각이 들었다. 귓속이 윙윙거려 뭐라고 말도 나오지 않았다.

"대가 내려갈수록 엉망이라니까." 불평을 하던 구근 할멈이 그 틈을 타서 자오치 나리에게 말했다. "요새 장발적은 괜히 사람들 변발을 잘라서 중도 아니고 도사도 아닌 꼴로 만들어버렸어. 옛날 장발적이야 어디 그랬나? 일흔아홉까지 살았으니 살 만큼 살았어. 옛날 장발적은 붉은 비단으로 머리를 감아서 줄줄 늘어뜨렸지. 발뒤꿈치까지 말이야. 나라님은 노란 비단을 늘어뜨렸지. 노란 비단을. 노란 비단이나 붉은 비단을…… 살 만큼 살았어, 일흔아홉이야."

---

* '태평천국의 난'을 가리킴.

칠근댁이 몸을 일으키며 중얼거렸다. "이제 어쩐담? 늙은이고 애고 할 것 없이 저 사람 하나 의지해 사는데……"

자오치 나리가 고개를 저으며 말했다. "어쩔 수 있겠는가? 변발이 없으면 마땅히 무슨 벌을 받아야 하는지 책에도 조목조목 명명백백하게 적혀 있지. 뉘 집 출신이든 누구든 봐주는 법이 없네."

칠근댁은 책에 그렇게 적혀 있다는 말을 듣고는 완전히 절망에 빠졌다. 혼자 애태워본들 소용없는 일이었다. 그 순간 칠근이 다시 원망스러웠다. 그녀가 그의 콧구멍을 향해 젓가락으로 삿대질을 하며 말했다. "이 썩을 양반이 자기 꾀에 자기가 넘어갔어. 반란이 일어났을 때 내가 뭐라 했어요. 배도 젓지 말고, 성城에 들어가지도 말라고 안 합디까? 그런데도 죽어라 성에 들어가서 퍼질러 쏘다니다 붙잡혀서는 변발이나 잘리고. 옛날에는 비단 같던 까만 변발이 지금은 중도 아니고 도사도 아닌 꼬락서니가 되었으니. 죄인이 된들 자기가 자초한 것이지만 식구들까지 엮어넣었으니 입이 있으면 말 좀 해봐요. 이 염병할 죄인아……"

동네 사람들이 자오치 나리가 온 것을 보고는 서둘러 밥을 먹고 칠근네 밥상 주위로 몰려들었다. 칠근은 자신이 한가락하는 인물이라고 생각하는 사람이라 사람들 앞에서 여자에게 이렇게 곤욕을 치르자 체면이 말이 아니었지만, 그저 고개를 쳐들고 느

릿하게 한마디했다.

"당신 지금은 이렇게 지껄이지만, 그때는 당신도 뭐……"

"이 염병할 죄인이……"

구경꾼 중에 마음씨가 가장 좋은 팔근한낭댁이 두 살 된 유복자를 안고 칠근댁 옆에서 다투는 걸 구경하다, 그냥 보기가 안 되었던지 말했다. "칠근댁, 이제 그만해. 사람이 어디 신선인가? 누가 앞일을 알겠어? 칠근댁도 그때 그러지 않았어. 변발이 없으니 더 보기 좋다고. 또 아직 관청 나리가 방을 붙인 것도 아니잖아……"

칠근댁이 다 듣기도 전에 두 귀가 벌게져서는 젓가락의 방향을 바꾸어 팔근한낭댁의 코를 가리키며 말했다. "어이구, 그걸 지금 말이라고 하고 있어! 팔근한낭댁, 보자 보자 하니까 혼자 산다고 그런 말도 안 되는 소리를 하는 거야? 그때 내가 꼬박 사흘 동안 대성통곡을 했다고. 눈 있는 사람은 다 봤어. 육근이 저 쥐방울만한 것조차 통곡을 했고……" 육근이가 커다란 밥그릇을 다 비우고는 빈 그릇을 들고 와 더 달라고 손을 내밀었다. 칠근댁은 속이 상한 터라 젓가락으로 딸아이의 땋아내린 머리 가운데를 찌르며 소리를 질렀다. "누가 당신더러 주둥이를 함부로 놀리래! 남의 사내나 노리는 청상과부 주제에!"

쨍그랑 소리를 내며 육근이 들고 있던 빈 그릇이 땅에 떨어졌고, 공교롭게도 벽돌 모서리에 부딪혀 깨져서 한쪽이 커다랗게 떨어져버렸다. 칠근이 벌떡 일어나 깨진 조각을 집어 깨진 곳에 대보고는 소리를 질렀다. “이런 썩을 년!” 그러면서 육근이의 뺨을 올려붙였다. 육근이가 쓰러져 울었다. 구근 할멈이 아이의 손을 잡고 연신 “대가 내려갈수록 엉망이야”라고 중얼거리며 아이를 데리고 자리를 피했다.

팔근한냥댁도 화가 나서 소리를 질렀다. “칠근댁, 당신 멋대로 사람을 잡아도 유분수지……”

자오치 나리는 그저 웃으면서 구경만 하고 있었는데 팔근한냥댁이 “아직 관청 나리가 방을 붙인 것도 아니잖아”라고 말하자 은근히 화가 났다. 그가 탁자를 돌아나오며 말했다. “멋대로 사람을 잡는다니! 금방 대병력이 온다고. 이번에 어가를 호위하는 사람이 바로 장張 장군이라는 걸 알아야 해. 장 장군은 연나라 장익덕張翼德의 후손이야. 장팔사모를 휘두르면 만 명도 상대가 안 된다고. 누가 감히 상대를 하겠어.” 그가 보이지 않는 장팔사모라도 쥔 것처럼 두 주먹을 쥐고 팔근한냥댁 쪽으로 몇 걸음 내디디며 말했다. “누가 감히 상대를 하겠어!”

팔근한냥댁은 너무 화가 나서 아이를 안고 바르르 떨다, 문득 자오치 나리가 얼굴이 번들번들 땀범벅이 된 채 눈을 부릅뜨고 그녀를 향해 달려오는 것을 보고는 너무도 겁이 난 나머지 말도 채 다하지 못하고 돌아서 도망을 갔다. 자오치 나리도 그녀를 쫓아갔다. 사람들은 다들 팔근한냥댁이 괜히 남 일에 참견을 했다고 툴툴거리며 길을 터주었다. 변발을 잘랐다 다시 기르기 시작한 몇 사람이 그의 눈에 띌까봐 재빨리 모여 있는 사람들 뒤로 몸을 숨겼다. 자오치 나리도 세심히 살펴보지 않고 사람들 무리를 지나 순식간에 오구나무 뒤로 돌아가, "누가 감히 상대를 하겠어!"라고 말하고는 잔뜩 우쭐대며 외나무다리를 건너 사라졌다.

동네 사람들은 그저 멍하니 서 있었다. 속으로 아무리 따져봐도 자신들이 장익덕을 상대할 자신이 도무지 없었다. 그래서 칠근이 분명 목숨을 보존하지 못할 것이라고 단정하였다. 칠근이 이미 황제의 법을 어겼다면, 평소에 시내에서 일어난 일을 떠들 때 긴 담뱃대를 물고 그렇게 오만하게 폼을 잡을 일도 아니었다는 생각이 들자, 칠근이 범법자가 된 것이 고소하기도 했다. 자기들도 세상 돌아가는 일을 두고 떠들고 싶었지만 무슨 특별하게 그럴 만한 것이 있는 것 같지도 않았다. 윙윙거리는 소리가 어지럽게 나더니 모기가 웃통을 벗은 몸에 달려들었다가 곧 오구나무 밑으로 몰려가 북적였다. 사람들은 천천히 흩어져 집으로 돌아가 문을 걸고 잠을 청했다. 칠근댁도 구시렁대면서 그릇이랑 탁자와 의자를 챙겨 집으로 들어가 문을 걸고 잠을 청했다.

칠근은 깨진 밥그릇을 들고 집으로 들어와서는 문지방에 걸터 앉아 담배를 피웠다. 걱정이 이만저만 아니어서 담배 빠는 것도 잊는 바람에, 상아 물부리가 달린 여섯 자가 넘는 긴 반죽 담뱃대의 백동 대통의 불꽃이 점점 사그라졌다. 속으로는 일이 아주 위급해졌다는 생각이 들어 대책을 모색해보려 했지만 아무리 생각해봐도 아득하기만 할 뿐 도무지 종잡을 수가 없었다. "변발이라, 변발? 장팔사모, 대가 내려갈수록 엉망이야, 황제가 등극하셨다, 깨진 밥그릇은 시내에 나가서 때워야 할 텐데, 누가 감히 상대를 하겠어, 책에 조목조목 적혀 있다고. 빌어먹을! ……"

이튿날 새벽, 칠근은 늘 그렇듯 루 진에서 배를 저어 성으로 들어갔다 저녁나절에 루 진으로 돌아왔고, 여섯 자가 넘는 반죽 담뱃대와 밥사발을 들고 마을로 돌아왔다. 저녁을 먹는 자리에서 그가 구근 할멈에게 말했다. 그릇을 시내에서 때웠는데, 깨진 데가 커서 구리못을 열여섯 개나 박았고, 하나에 삼 문씩 해서 모두 사십팔 문이나 들었다고.

구근 할멈이 기분이 상해서 말했다. "대가 내려갈수록 엉망이야. 나도 살 만큼 살았어. 못 하나에 삼 문이라니. 옛날에는 못 값이 이랬남? 옛날에는 못이…… 내가 일흔아홉까지 살았으니……"

그뒤로도 칠근은 예전처럼 날마다 성에 들어갔다. 하지만 집

안 형편은 늘 말이 아니었고, 동네 사람들은 다들 피했다. 더는 그가 성에서 가져온 소식을 알고 싶어하지 않았다. 칠근댁도 곱지 않은 말투로 항상 그를 '죄인'이라 불렀다.

열흘쯤 지나고, 칠근이 시내에서 돌아오자 아내가 싱글벙글하며 그에게 "당신 성에서 뭐 들은 것 없어요?"라고 물었다.

"듣다니, 뭘?"

"황제가 등극하셨대요?"

"그런 말 없던데."

"셴헝 주점 사람들도 그런 말 없었지요?"

"그래, 없었어."

"내 생각에는 황제가 등극하지 못한 게 분명해요. 오늘 자오치 나리네 가게를 지나다 그 양반이 앉아서 책을 읽는 것을 봤는데, 변발을 다시 머리 위로 말아올리고 장삼도 안 입었더라고요."

"……"

"어때요, 황제가 등극한 게 아니겠지요?"

"내 생각엔, 등극한 게 아니야."

요즘 칠근은 칠근댁과 동네 사람들에게 예전처럼 상당한 존경과 예우를 받고 지낸다. 여름이면 그들은 늘 그랬듯이 자기 집 앞마당에서 밥을 먹고, 다들 만나면 웃으며 인사를 나눈다. 구근 할멈은 팔순을 넘겼지만 여전히 불평을 해대고 정정하다. 육근이의 갈래 머리는 이제 커다란 변발이 되었다. 그 아이는 최근에 전족을 했지만, 그래도 칠근댁 일손을 돕고 열여덟 개* 구리못이 박힌 밥 그릇을 들고서 뒤뚱거리며 마당을 왔다갔다한다.

1920년 10월

* 원래는 열여섯 개여야 한다. 루쉰은 1926년 11월 23일 리지예(李霽野)에게 보낸 편지에서 "육근이 집에 못 박힌 그릇은 하나뿐이고, 못이 열여섯 개인지 열여덟 개인지는 나도 기억이 정확하지 않다. 어쨌든 둘 중 하나는 틀렸으니, 모두 고치기 바란다"고 말했다.

고향

故鄕

모진 추위를 무릅쓰고 나는 이천 리나 떨어진 곳에서, 떠난 지 이십여 년이나 되는 고향에 돌아간다.

때가 한겨울이라 고향이 가까워질수록 날은 더욱 잿빛이 되고 차가운 바람이 배 안으로 들어와 웅웅거렸다. 덮개 틈으로 내다보니 창백한 하늘 아래 여기저기 흩어져 있는 쓸쓸하고 황량한 마을은 활기라곤 없었다. 내 마음에서 어쩔 수 없이 슬픔이 일었다.

아아! 이것이 내가 이십 년 동안 한시도 잊지 못했던 고향이란 말인가?

내가 기억하는 고향은 결코 이렇지 않았다. 내 고향은 훨씬 좋았다. 하지만 내가 고향의 아름다움을 떠올리고 그 아름다움을 말하려고 하자 그 모습은 이내 사라져버리고 말도 사라져버렸다. 원래 이러했던 것도 같다. 그래서 내 나름대로 이렇게 해석했다. 원래 고향은 이러했다. 발전이 없다 해서, 그렇다고 내가 느끼는 것 같은 슬픔이 있는 것도 아니다. 단지 내 마음이 바뀌었기 때문에 그런 것이다. 내가 이번에 좋은 심정으로 고향에 돌아온 것이 아니어서 그런 것이다.

이번에 나는 고향과 작별하러 왔다. 오랫동안 우리 일가가 살아온 집이 타성바지에 팔렸다. 올해까지 집을 넘겨줘야 해서 정월 초하루 전에 익숙한 옛집과 영원히 작별하고 정든 고향을 떠나 내가 밥벌이하는 타관으로 이사를 가야 했다.

이튿날 아침 일찍 고향집 대문 앞에 도착했다. 지붕 기와에는 마른 풀이 대가 꺾인 채 바람에 떨고 있어서, 이 낡은 집이 주인이 바뀔 수밖에 없는 이유를 말해주는 듯했다. 다른 채에 살던 일가친척들은 벌써 이사를 했는지 무척 적막했다. 우리 식구가 살던 방 앞에 이르자 어머니가 벌써 마중 나와 계셨고, 이어 여덟 살짜리 조카 훙얼宏兒이 뛰어나왔다.

어머니는 기뻐했지만 슬픈 마음을 숨기고 있는 기색이었다. 나더러 앉아 쉬면서 차를 마시라고 하면서도 이사 이야기는 꺼내지도 않았다. 훙얼은 나를 본 적이 없어서 저만치 떨어져서 멀뚱멀뚱 쳐다보기만 했다.

하지만 우리는 결국 이사 이야기를 꺼냈다. 나는 저쪽에 벌써 집을 얻어놓았고 가재도구도 좀 사놓았고, 그 밖의 것들은 집에 있는 가구를 다 팔아서 더 장만하자고 했다. 어머니도 그러자고 하면서, 짐도 대충 다 꾸려놓았고 가구도 가지고 가기 어려운 것은 거의 다 팔아치웠는데 돈은 아직 받지 못했다고 했다.

"하루이틀 쉰 뒤 친척들에게 인사드리고 떠나도록 하자." 어머니가 말했다.

"그러지요."

"그리고 룬투閏土 말이다. 그이가 집에 올 때마다 네 안부를 묻는다. 무척 보고 싶어하더라. 내가 너 오는 날짜를 기별해두었으니 아마 건너올 게다."

그 순간 내 머리에는 갑자기 신비로운 그림 하나가 번쩍 떠올랐다. 푸른 하늘에는 황금빛 둥근달이 걸려 있고, 그 아래 해변 모래밭에는 수박밭이 끝없이 펼쳐져 있다. 그 사이로 목에 은목걸이를 한 열한두 살 된 소년이 손에 들고 있던 작살을 차猹*를 향해 던진다. 하지만 차는 몸을 돌려 그의 다리 사이로 도망가버린다.

이 소년이 바로 룬투다. 내가 그를 안 것은 여남은 살 때로, 벌

---

* 작가가 만든 말로 오소리를 가리킴.

써 삼십 년 전이다. 그때는 아버지가 살아 계셔서 집안 형편이 좋았고, 나도 어엿한 도련님이었다. 그해는 우리집이 큰 제사를 지낼 차례였다. 그 제사는 삼십여 년마다 순서가 돌아오기 때문에 아주 정중하게 지내야 했다. 정월에 조상의 영정을 모셨다. 제물도 많고 제기도 아주 신경을 썼는데, 제사 지내러 오는 사람도 많아 제기를 도둑 맞지 않도록 잘 지켜야 했다. 우리집에는 망월忙月 머슴만 하나 있었다(우리 고장에서는 머슴을 셋으로 나누었는데, 일 년 내내 한집에서 일하는 머슴을 장년長年, 일정 기간 누군가에게 고용되어 일하는 머슴을 단공短工, 자기 농사를 지으면서 설날이나 명절이나 세를 거두어들일 때만 와서 일하는 머슴을 망월이라고 불렀다). 그런데 혼자이다보니 손이 부족해 그가 아버지께 자기 아들 룬투에게 제기를 지키게 했으면 한다고 말씀드렸다.

아버지가 허락했다. 나도 기뻤다. 룬투란 이름을 진즉부터 들었고, 나하고 나이가 비슷하다는 것, 윤달에 낳았고 오행 중에 '토土'가 빠졌다고 그의 아버지가 룬투라고 이름을 지었다는 것도 알고 있었다. 그는 덫으로 새도 잘 잡았다.

나는 설날이 오기를 손꼽아 기다렸다. 설날이 되면 룬투도 올 것이었다. 고대하던 그믐께가 되었다. 어느 날 어머니가 룬투가 왔다고 일러주시자마자 나는 날듯이 달려갔다. 룬투는 부엌에 있었다. 둥근 검붉은 얼굴에, 작은 털모자를 쓰고 목에는 번쩍번쩍 빛나는 은목걸이를 걸었다. 은목걸이만 봐도 그의 아버지가 얼마나 그를 애지중지하는지 알 수 있었다. 아들이 행여 죽을까 봐 부처님께 치성을 드리고 은목걸이를 목에 걸어 아이를 매어두는 것이었다. 그는 낯을 많이 가렸지만 나에게만은 그러지 않았다. 주위에 사람이 없을 때는 나하고 이야기도 하였고, 그래서 한나절이 못 되어 우리는 친해졌다.

그때 우리가 무슨 이야기를 주고받았는지는 모르겠지만, 룬투가 무척 즐거워했고 성城에 와서 예전에 보지 못한 것들을 많이 보았다고 얘기하던 모습만은 기억난다.

이튿날 나는 그에게 새를 잡아달라고 했다. 그러자 그가 말했다.

"그건 안 돼. 눈이 많이 와야 하거든. 우리 동네 모래밭에 눈이 많이 오면 난 눈을 쓸고 빈터를 만든 다음 큰 대나무 바구니를 가져다 짧은 막대로 받쳐. 그리고 그 밑에 곡식을 뿌려두지. 그럼 새가 먹으러 오거든. 그때 내가 멀리서 막대를 묶은 끈을 잡아당기는 거야. 그러면 새가 대나무 바구니에 갇히는 거지. 무슨 새든지 다 잡아. 들새, 꿩, 비둘기, 푸른등새……"

그뒤로 나는 눈이 오기를 손꼽아 기다렸다.

룬투가 다시 말했다.

"지금은 너무 추워. 내년 여름에 너 우리 동네에 올래? 우린

낮에는 바닷가에 가서 조개껍데기를 주워. 빨간색도 있고 초록색도 있고, 귀신 조개껍데기도 있고 부처님 조개껍데기도 있어. 저녁에는 아버지랑 같이 수박밭을 지키러 가. 너도 가도 돼."

"도둑 때문에?"

"아니. 길 가던 사람이 목이 말라 수박을 따 먹어도 우리 동네에서는 도둑이라고 안 해. 두더지나 고슴도치, 차 같은 것한테서 지키는 거지. 달빛이 비추면 수박밭에서 사각사각하는 소리가 들려. 차가 수박을 갉아먹는 거야. 그러면 쇠작살을 들고 살금살금 다가가……"

그 당시에 나는 차가 어떤 것인지 알지 못했다. 물론 지금도 모른다. 그저 강아지만하고 아주 사나울 거라고만 짐작했다.

"물지 않아?"

"작살이 있잖아. 다가가서 차가 보이면 찌르는 거야. 그런데 놈은 영리해서 오히려 사람 쪽으로 달려들어서 가랑이 사이로 도망가버려. 털이 기름처럼 미끄러운데……"

세상에 그렇게 신기한 일도 있다는 것을 나는 전혀 몰랐다. 해변에 그렇게 여러 가지 조개껍데기가 있고, 수박에 그렇게 위험한 이야기가 담겨 있는지 몰랐다. 그저 수박은 과일가게에서 판다는 것만 알았다.

"한사리 때 우리 동네 모래밭에 물이 밀려들어오면 망둥이들이 마구 튀어. 청개구리 다리 같은 게 둘씩 달려가지고……"

아아! 룬투 가슴속에는 이토록 신기한 일이 무궁무진하구나! 내 주위의 친구들은 전혀 모르는 일들이. 그 아이들은 이런 것을 몰랐다. 룬투가 바닷가에 있을 때 그애들은 나처럼 높은 담이 둘러쳐진 마당에서 네모난 하늘만 보고 있었다.

안타깝게도 정월이 지나 룬투는 집에 돌아가야 했다. 나는 엉엉 울었고, 룬투도 부엌에 숨어 울면서 나오지 않다 결국 그의 아버지에게 끌려갔다. 나중에 그는 그의 아버지 편에 나에게 조개껍데기 한 봉지와 예쁜 새털을 보내주었다. 나도 한두 번 물건을 보내주었는데, 그후 우리는 다시 만나지 못했다.

그런데 지금 어머니가 그의 이야기를 하자 그때 기억이 번개처럼 되살아나 나의 아름다운 고향을 보는 것 같았다. 그래서 나는 바로 대답했다.

"그것 잘됐군요! 지금은 어떻게 지낸대요? ……"

"그이? 형편이 썩 여의치 않나보더라……" 어머니가 말하면서 밖을 내다보았다. "저 사람들이 또 왔네. 가구를 사러 왔다면서 멋대로 집어가버리지 뭐냐. 내가 가봐야겠다."

어머니가 일어나 밖으로 나갔다. 밖에서 몇몇 여자들 소리가 들렸다. 나는 훙얼에게 가까이 오라고 해서 이야기를 나누었다. 글자를 쓸 줄 아는지, 이사 가는 게 좋은지 물었다.

"우리 기차 타고 가요?"

"그래, 기차 타고 간단다."

"배는요?"

"먼저 배를 탔다가……"

"아이고, 이게 누구야! 수염은 왜 그리 길었누!" 날카로운 쇳소리가 갑자기 들렸다.

깜짝 놀라 고개를 들었더니 광대뼈가 튀어나오고 입술이 얇은 쉰쯤 되어 보이는 여자가 앞에 서 있었다. 두 손으로 허리를 짚고 치마도 두르지 않은 바지 차림으로* 두 발을 벌리고 선 모습이 영락없이 제도용 컴퍼스였다.

나는 깜짝 놀랐다.

"나 모르겠어? 내가 안아주기도 했잖아!"

나는 더욱더 놀랐다. 다행히 어머니가 들어와 거들며 말했다.

"오랫동안 나가 있다보니 잊은 게지. 너도 기억날 거다." 그러면서 내게 말했다. "맞은편 집에 사는 양얼楊二 아주머니잖니. 두부가게 하던."

아아, 기억이 났다. 내가 어렸을 때 우리집 맞은편 두부가게에 양얼 아주머니가 종일 앉아 있었다. 다들 '두부 서시西施**'라고

* 바지 위에 치마를 입는 것이 만주족 복식의 정장.

불렀다. 그런데 그때는 하얗게 분을 바르고 있어서 그런지 광대뼈도 이렇게 나오지 않았고 입술도 이렇게 얇지 않았다. 게다가 종일 앉아만 있어서 이렇게 컴퍼스처럼 서 있는 모습을 볼 일도 없었다. 당시 사람들은 그녀 때문에 두부가게 장사가 잘되는 거라고 했다. 하지만 그때 나는 나이가 어렸던 탓인지 그런 소문에 아무 느낌도 없었고, 그래서 완전히 잊었던 것이다. 그런데 그 컴퍼스는 기분이 상했던지 못마땅한 기색이 역력했다. 나폴레옹을 모르는 프랑스인이나 워싱턴을 모르는 미국인을 비웃듯 말했다.

"잊어먹었다고? 하긴 이렇게 눈 높은 귀하신 몸이 되셨으니……"

"그럴 리가요…… 제가……" 내가 당황해 일어서며 말했다.

"그럼 말이야, 내 말 좀 들어봐. 쉰迅, 자넨 부자가 됐고, 이런 구닥다리 가구는 옮기기도 어려우니 날 주라고. 우리같이 없이 사는 사람한테는 쓸모가 있거든."

"저 부자 아니에요. 이걸 팔아가지고……"

"에구머니, 지방관이 되었으면서도 부자가 아니야? 첩도 셋이나 거느리고 출타할 때면 여덟 명이 드는 가마를 탈 텐데, 그게

** '서시'는 중국 춘추시대 월국의 미녀.

부자가 아니야? 허참, 나는 못 속이지.”

아무리 말해도 소용이 없다는 걸 깨닫고 나는 입을 다문 채 서 있었다.

“어이구, 돈이 있을수록 더 짠돌이고, 그렇게 짠돌이니까 돈이 많은 게고……” 컴퍼스는 씩씩거리며 돌아서더니 투덜거리며 천천히 밖으로 나가다 어머니 장갑 한 켤레를 허리춤에 슬쩍 넣어가지고 가버렸다.

그뒤로는 가까이 사는 일가친척들이 찾아왔다. 나는 접대를 하면서 틈틈이 짐을 꾸렸다. 그렇게 사나흘이 지났다.

날씨가 꽤 추운 날 오후, 점심을 먹고 앉아서 차를 마시는데 누가 들어오는 것 같아 돌아보았다. 보자마자 나도 모르게 깜짝 놀라 황망히 일어나 맞으러 나갔다.

룬투였다. 한눈에 룬투를 알아보았지만 내 기억 속의 룬투는 아니었다. 키가 배는 컸고 예전의 둥근 검붉은 얼굴은 검누런 잿빛으로 변해 있었다. 게다가 주름이 깊게 패고 눈도 그의 아버지처럼 주위가 온통 벌겋게 부어올랐다. 나는 해변에서 농사를 짓는 사람들은 종일 바닷바람을 쏘이기 때문에 거의가 이렇다는 걸 알고 있었다. 머리에 다 해진 벙거지를 쓰고 몹시 얇은 솜옷 하나만 입은 그는 온몸을 덜덜 떨고 있었다. 손에 종이봉지와 긴 담뱃대를 들었는데, 내가 기억하는 혈색 좋고 통통하던 그 손이 아니라 굵고 거칠고 갈라져서 소나무 껍질 같은 손이었다.

그때 나는 너무 흥분한 나머지 뭐라고 말해야 좋을지 몰라 그저 이렇게 말했다.

"아아! 룬투 형, 왔어요? ……"

이어 많은 말이 구슬 꿰미처럼 잇달아 쏟아져나오려고 했다. 꿩, 망둥이, 조개껍데기, 차…… 하지만 무엇인가에 가로막힌 듯 머리에서만 뱅뱅 돌 뿐 입 밖으로 나오지 않았다.

그가 멈추어 섰다. 얼굴에는 기쁨과 처량함이 교차했다. 입술을 꿈쩍였지만 아무 소리도 나지 않았다. 결국에는 그의 태도가 공손해지더니 또렷하게 불렀다.

"나리! ……"

나는 소름이 끼쳤다. 나는 깨달았다. 우리 사이에 이미 슬픈 두꺼운 장벽이 놓여 있다는 것을. 나 역시 아무 말도 할 수 없었다.

그가 고개를 돌리더니 "수이성水生, 나리께 인사드려라" 하면서 뒤에 숨어 있는 아이를 끌어냈다. 이 아이야말로 이십 년 전의 룬투였다. 다만 안색이 좋지 않고 약간 말랐으며 목에 은목걸이가 없을 뿐이었다. "다섯째예요. 세상 구경을 못해서 숨기만 하네요……"

어머니와 훙얼이 위층에서 내려왔다. 우리 소리를 들은 모양이었다.

그가 고개를 돌리더니 "수이성, 나리께 인사드려라" 하면서
뒤에 숨어 있는 아이를 끌어냈다.

"마님, 기별은 진즉 받았습니다. 얼마나 기뻤던지요, 나리가 돌아오신다고 해서……" 룬투가 말했다.

"아니, 자네 무슨 말투가 그런가. 옛날에는 둘이 형 동생 하지 않았나. 옛날처럼 쉰아, 그러게." 어머니가 들뜬 듯이 말했다.

"아이구, 마님도 참…… 그런 법이 어디 있나요. 그땐 어려서 철이 없어……" 룬투가 말하면서 다시 수이성을 앞으로 불러 인사를 시키려 했지만 아이는 수줍어하며 그의 뒤로 딱 달라붙었다.

"이애가 수이성인가? 다섯째라고? 다들 낯이 설어서 수줍은 모양이구먼. 훙얼아, 수이성이랑 가서 놀아라." 어머니가 말했다.

훙얼이 이 말을 듣고 수이성을 부르자 수이성이 선선히 그를 따라갔다. 어머니가 룬투더러 앉으라고 권하자 룬투는 한참을 머뭇거리다 겨우 앉았다. 그러고는 긴 담뱃대를 탁자 옆에 기대어놓고 종이봉지를 건넸다.

"겨울이라 뭐가 있어야지요. 청대콩인데, 저희 집에서 말린 겁니다. 나리 드리려고……"

나는 그의 형편을 물었다. 그는 고개를 흔들 따름이었다.

"무척 어렵습죠. 여섯째까지 일손을 돕지만 그래도 입에 풀칠하기가 힘듭니다. ……게다가 세상이 어지러워서…… 오만 데서 돈을 뜯기고 정해진 규정도 없고…… 수확도 좋지 않고요. 농사를 지어서 내다팔아도 세금으로 몇 번 뜯기고 나면 본전도 못

찾습지요. 그렇다고 안 팔자니 썩히는 도리밖에 없고……"

그는 연신 고개를 저었다. 얼굴에 팬 그 많은 주름이 전혀 미동도 하지 않아 흡사 돌조각 같았다. 그는 자신이 느끼는 고통을 말로 다 표현하지 못하겠는지 잠시 침묵하더니 담뱃대를 들고 말없이 담배를 피웠다.

어머니가 묻자, 집안일이 바빠서 내일 바로 돌아가야 한다고 했다. 아직 점심 전이라고 해서 부엌에 가서 직접 밥을 볶아 먹으라고 했다.

그가 나간 뒤 어머니와 나는 그의 형편에 한숨을 쉬었다. 줄줄이 딸린 자식, 흉년, 가혹한 세금, 그리고 군대와 토비, 관리, 지주 모두가 한결같이 그를 괴롭혀 등신 꼴이 되어버린 것이다. 어머니가 내게, 가지고 가지 않을 물건은 죄다 그에게 골라가도록 하자고 했다.

오후에 그는 물건 몇 개를 골랐다. 긴 탁자 둘, 의자 네 개, 향로와 촛대 한 벌, 저울 하나였다. 그는 재도 달라고 했다(우리 고장에서는 밥을 할 때 볏짚을 썼고, 그 재는 땅에 거름으로 썼다). 우리가 떠날 때 배로 실어가겠다고 했다.

밤에 우리는 다시 이런저런 이야기를 나누었다. 모두 중요한 이야기는 아니었다. 이튿날 아침, 그는 수이성을 데리고 돌아갔다.

그리고 다시 아흐레가 지나 우리가 떠나는 날이 되었다. 룬투가 새벽같이 왔다. 수이성은 데려오지 않았고 다섯 살짜리 딸만 데리고 와 배를 지키게 했다. 우리는 종일 바빠서 이야기를 나눌 틈이 없었다. 손님도 많았다. 환송하러 온 사람, 물건 가지러 온 사람, 그리고 환송도 하고 물건도 가져가려고 온 사람까지. 저녁이 되어 우리가 배를 탈 무렵에는 이 낡은 집의 크고 작은 낡은 세간이 죄다 치워졌다.

우리가 탄 배가 앞으로 나아갔다. 강 양쪽의 푸른 산들이 황혼에 검푸르게 물들며 배의 고물 쪽으로 밀려났다.

훙얼과 나는 선창에 기대어 희미해지는 바깥 풍경을 같이 내다보았다. 아이가 불쑥 물었다.

"큰아빠, 우리 언제 다시 돌아와요?"

"돌아오다니? 아직 떠나지도 않았는데 벌써 돌아올 생각을 하는구나."

"하지만 수이성하고 약속했어요. 그애 집에 놀러가기로……"

훙얼은 크고 검은 눈을 한껏 뜨고 골똘히 생각에 잠겼다.

나도 어머니도 마음이 무거웠고, 그래서 또 룬투 이야기를 꺼냈다. 어머니가 말했다. 우리집이 이삿짐을 챙기기 시작하고부터 '두부 서시' 양얼 아주머니가 날마다 왔다고 했다. 그런데 그저께는 그이가 잿더미에서 그릇하고 접시를 열 개 넘게 꺼냈다는 것이다. 설왕설래 끝에 결국 룬투가 파묻어둔 것이고, 재를 실어갈 때 같이 가져가려 한 모양이라고 결론이 났다는 것이다. 양얼 아주머니가 이 발견을 자기 공으로 돌리며 '개 애간장 태우는 모이통'(우리 동네에서 닭을 칠 때 쓰는 도구로, 나무판 위에 창살을 치고 그 안에 모이를 주면 닭은 목을 집어넣고 먹을 수 있지만 개는 그럴 수가 없어 쳐다보며 애간장만 태운다)을 들고 쏜살같이 도망갔다고 했다. 전족한 발에 굽 높은 신발을 신고도 그렇게 잘 뛸 수가 없더라고 했다.

옛집이 점점 내게서 멀어졌다. 고향 산천도 점점 멀어졌다. 하지만 나는 아무 미련도 들지 않았다. 나는 그저 내 주위에 보이지 않는 높은 담이 둘러쳐져 있고 나 혼자서 그곳에 떨어져 있는 것만 같아 몹시 답답했다. 수박밭에 은목걸이를 하고 서 있던 어린 영웅의 모습이 원래는 내게 아주 생생했다. 하지만 지금은 갑자기 희미해졌고, 이것이 또한 나를 한없이 슬프게 했다.

어머니와 훙얼은 잠이 들었다.

나는 누워서 배 밑을 흐르는 물소리를 들으며 내가 나의 길을 가고 있다는 것을 알았다. 나는 생각했다. 나와 룬투는 결국 이렇게 멀어졌지만 우리 뒷세대는 여전히 하나로 이어져 있다. 훙얼은 지금 수이성을 생각하고 있지 않은가. 나는 그들이 더는 나 같지 않기를, 서로가 멀어지지 않기를 바랐다…… 하지만 나는 그들이 서로 하나가 되려고 하여 나처럼 고생한 나머지 몸부림치며 사는 것도 바라지 않고, 그들이 룬투처럼 고생한 나머지 무감각한 삶을 사는 것도 바라지 않으며, 또한 다른 이들처럼 고통스러운 나머지 방종한 삶을 사는 것도 바라지 않는다. 그들은 새로운 삶을 살아야 한다. 우리가 살아보지 못한 삶을.

희망을 생각하자 나는 갑자기 두려워졌다. 룬투가 향로와 촛대를 달라고 했을 때 나는 속으로 그를 비웃었다. 그가 아직도 우상을 숭배하면서 한시도 잊지 못한다고 여긴 것이다. 하지만 지금 나의 이른바 희망이란 것도 나 스스로 만들어낸 우상이 아닐까? 그가 바라는 것은 가깝고 내가 바라는 것은 멀다는 차이만 있을 뿐.

몽롱한 내 눈앞에 해변의 파란 모래밭이 펼쳐졌다. 그 위 푸른 하늘에는 황금빛 둥근달이 걸려 있다. 나는 생각했다. 희망이란 원래, 있다고도 할 수 없고 없다고도 할 수 없다. 그것은 지상의 길과 같다. 원래 지상에는 길이 없었다. 가는 사람이 많아지면 길이 되는 것이다.

1921년 1월

단오절

端午節

팡쉬안춰方玄綽는 요즘 들어 "그게 그거야"란 말을 입에 달고 산다. 거의 '입버릇'이 되었을 정도다. 말만 그렇게 하는 게 아니라 그의 머리에도 단단히 자리를 잡았다. 처음에는 "다 똑같아"라는 말을 썼지만, 적절하지 않다는 생각이 들어 나중에 "그게 그거야"로 바꾸고 지금까지 쓰는 것이다.

그는 이 평범한 경구를 발견하고 나서 새삼스레 격분하는 일도 적지 않았지만 새로운 위안도 많이 받았다. 예컨대 나이든 사람이 젊은 사람을 권위로 억누르는 것을 보면 전에는 분개했지만 지금은 달리 생각하게 되었다. 나중에 저 어린 사람도 자식이 생기고 손자가 생기면 저렇게 무게를 잡을 것이라고 생각하자 모든 불만이 사라졌다. 또 군인이 인력거꾼을 구타하는 것을 보아도 전에는 분개했지만 지금은 달리 생각하게 되었다. 만약 저 인력거꾼이 군인이 되고, 저 군인이 인력거를 끌게 되어도 저렇게 때리고 맞을 것이라고 생각하자 더이상 그런 일을 마음에 두지 않게 되었다. 이런 생각을 하다보면 어떨 때는 자신이 사회의 악과 싸울 용기가 없어 스스로를 속이며 일부러 도피할 길을 만드는 건 아닐까, 이는 '시비지심是非之心이 없는 것'에 가까우니 고치는 게 좋지 않을까 하는 의심이 들었다. 그렇지만 그런 생각은 늘 그의 뇌리에서 떠나지 않았다.

'그게 그거다' 설說을 그가 처음으로 공표한 것은 베이징 서우산首善 학교 교실에서였다. 그때 역사적인 사건을 이야기하다 "옛날 사람이나 지금 사람이나 다르지 않다"는 말이 나왔고, 사람의 "본성은 다 비슷하다"는 말을 하다가 결국에는 학생과 관료까지 끌어들여 일장 연설을 늘어놓게 되었다.

"지금 사회에선 관료를 욕하는 것이 유행입니다. 학생들은 특히 심하게 욕을 하지요. 하지만 관료라고 해서 타고난 특별한 종족은 아니고 그들도 원래 평민이었습니다. 지금 관료 중에는 학생 출신도 적지 않은데, 나이든 관료하고 무슨 차이가 있나요. '처지가 바뀌면 다 그렇게 되는 법이다'라는 말 그대로지요. 생각이나 말, 행동, 겉모습 등에 무슨 차이가 있지요? ……학생회가 하는 많은 새로운 일도 벌써 폐단을 드러내고 대부분 유야무

야되지 않았나요? 다 그게 그거인 겁니다. 중국 미래가 우려되는 것도 바로 이 때문입니다……"

강의실에 드문드문 앉아 수업을 듣던 이십여 명 중에는 거북하게 생각하는 학생도 있고, 그 말이 맞는다고 생각하는 학생도 있었다. 발끈하는 학생도 있었는데, 신성한 청년들을 모욕했다고 생각해서였다. 그에게 미소를 보내는 학생도 몇 명 있었다. 그가 자기변호를 한다고 여겼던 것이다. 그도 그럴 것이 팡쉬안취는 관료를 겸하고 있었다.

하지만 실은 다 틀린 이야기였다. 그건 그저 새로운 불평일 뿐이었다. 또한 불평하며 말하긴 해도 자기를 합리화하는 허튼소리에 불과했다. 게을러서 그러는지 쓸모없다고 여겨서 그러는지는 몰라도 어쨌든 자신이 그다지 나서서 움직이려 하지 않고 몹시 자기분수를 지키며 만족하는 사람이라고 그는 생각했다. 총장이 그를 정신이 이상한 사람이라고 몰아붙여도 자리가 흔들리지 않는 이상 입을 열지 않았고, 교사 월급이 반년이나 밀려도 따로 관료 월급이 나오는 이상 입을 열지 않았다. 입을 열지 않을 뿐만 아니라 교사들이 단결하여 월급 지급을 요구할 때도 그는 속으로 그 사람들이 생각이 모자라 너무 시끄럽게 떠든다고 생각했다. 동료 관료들이 교사들을 지나치게 나쁘게 이야기할 때는 조금 개탄하는 마음이 들기도 했지만 나중에 달리 생각해보니, 이것은 자신이 당장 돈에 쪼들리고 있고, 다른 관료들은 교사를 겸하고 있지 않아 그럴 거라고 생각하자 마음이 가벼워졌다.

그도 돈이 부족했지만 그렇다고 교원 단체에 가입하지는 않았다. 하지만 다들 강의 거부를 결의했을 때는 그도 강의를 하지 않았다. 정부에서 "강의를 해야 돈을 주겠다"고 했을 때는 그도 저들이 과일로 원숭이를 놀리는 꼴이라며 조금 분개했다. 한 유명한 교육자가 "선생이 한 손에 책가방을 끼고 다른 손으로 돈을 요구하는 것은 고상하지 못한 일이다"고 말한 날에는 마침내 아내에게 정식으로 불만을 터뜨렸다.

"어이, 왜 반찬이 두 가지뿐이야?" '비非고상' 설을 들은 그날 저녁 밥상에서 그가 반찬을 보고 말했다.

두 사람은 신교육을 받은 적이 없고, 아내도 학교에 들어갈 때 지은 이름이나 호도 없는 터여서 달리 부를 호칭이 없었다. 예부터 그러했듯이 '부인'이라고 부를 수도 있지만 너무 옛날 법도를 따르는 것도 내키지 않아서 '어이' 하는 호칭을 발명한 것이었다. 하지만 그의 아내는 그에게 '어이'라는 호칭도 쓰지 않았다. 그저 그에게로 고개를 돌리고 말하면 습관대로 그는 자신한테 하는 말이라는 것을 알았다.

"지난달에 받아온 반달 치는 벌써 다 썼어요. ……어제 쌀도 외상으로 겨우 가져온 거예요." 그녀가 식탁 옆에 서서 고개를 그에게 돌리고 말했다.

"봐요, 이래도 가르치는 사람이 월급 타령하는 게 천하다고 할 수 있겠소? 그런 인간들은 사람은 밥을 먹어야 하고, 밥을 먹으려면 쌀이 있어야 하고, 쌀은 돈으로 사야 한다는 간단한 이치조차 모르오……"

"맞아요. 돈이 없으면 어떻게 쌀을 사고, 쌀이 없으면 어떻게 밥을 해요."

그의 두 볼이 불룩해졌다. 이 대답이 그의 주장과 '그게 그거'여서, 부화뇌동하는 것 같아 불만이었다. 그는 바로 고개를 다른 쪽으로 돌려버렸는데, 습관에 따르면 이것은 토론 중지를 선언하는 표시였다.

추운 바람이 불고 찬비가 내리던 어느 날, 교사들이 정부에 밀린 봉급을 요구하러 갔다가 신화먼新華門 앞 진흙길에서 군인들에게 머리가 깨져 피가 나도록 맞은 뒤 갑자기 월급이 나왔다. 팡쉬안취는 손가락 하나 까딱하지 않고 돈을 받은 것이다. 빚을 얼마간 갚기에는 아직도 돈이 많이 부족했다. 관료 월급도 꽤 밀렸기 때문이다. 이렇다보니 청렴한 관료들도 월급을 달라고 나서지 않을 수 없었고, 교사를 겸하고 있는 팡쉬안취로서는 자연 교육계 사람들에게 동조하는 마음이 생길 수밖에 없었다. 그래서 다들 계속 수업을 거부하자고 주장하자, 그 자리에 참석은 하지 않았어도 더욱 성심성의껏 공동의 결정을 따랐다.

그러자 정부가 또 돈을 지급했고 학교도 수업을 재개했다. 그런데 그 며칠 전에 학생총회에서 "교사가 수업을 하지 않으면 급여를 지급해선 안 된다"는 청원서를 정부에 보냈다. 이것이 효과는 없었지만, 팡쉬안취는 지난번에 정부에서 "강의를 해야 돈을 준다"고 한 말을 문득 떠올렸다. '그게 그거다'의 그림자가 다시 그의 눈앞에서 아른거리며 사라지지 않았다. 그래서 그가 교실에서 그것을 공표했던 것이다.

이렇게 보자면, '그게 그거다'라는 주장을 만든 것도 사심 섞인 불만에서 나온 것이라고 볼 수도 있을 것이다. 하지만 전적으로 관료 노릇을 하는 자신을 변명하기 위한 것만은 아니었다. 다만 그런 말을 할 때마다 장래 중국의 운명 같은 것을 끌어들이길 좋아했는데, 걸핏하면 스스로를 우국지사로 여기기도 했다. 사람들은 늘 '자기를 아는 능력'이 없어서 어려움을 겪는 법이다.

그런데 '그게 그거다'인 일이 또 일어났다. 정부는 원래 골칫거리인 교사들만 방치했었는데, 나중에는 평소 무관심하던 관료들까지 방치하며 월급을 미루고 또 미루었던 것이다. 이는 결국 예전에 교사들이 돈을 요구한다며 천박하다고 했던 순한 관료들조차 압박하는 꼴이 되어 많은 관료가 월급 요구 대회에서 선봉에 서게 되었다. 몇몇 일간지만 그들이 천박하다고 조롱하는 글을 실었다. 팡쉬안춰는 조금도 이상하게 여기지 않았고, 조금도 신경쓰지 않았다. 그의 '그게 그거다' 설에 따르면 이는 신문기자들이 아직 붓을 놀릴 돈이 부족하지 않아서 그런 것으로, 정부나 부자들이 자금 지원을 끊으면 그들도 대부분 대회에 참가할 거라는 걸 알았기 때문이다.

교사들의 월급 지급 요구에 찬성하는 그였기에 당연히 동료들의 월급 지급 요구에도 찬성했다. 하지만 예전에도 그랬듯이 그는 여전히 관청에 편하게 앉아, 그들과 같이 빚을 독촉하러 가지는 않았다. 그가 혼자 고고한 척한다고 의심하는 사람들도 있었지만 그건 그저 오해일 뿐이었다. 그의 말에 따르면, 그는 태어나서 지금껏 다른 사람이 자기에게 빚을 받으러 오기는 했어도 자기가 다른 사람에게 빚을 받으러 간 적은 한 번도 없었기 때문에, 이런 일에 '소질이 없다'는 것이었다. 게다가 그가 차마 볼 엄두를 내지 못하는 사람들이 바로 경제 권력을 쥔 자들이었다. 그런 사람들은 권력을 잃은 뒤 『대승기신론』을 들고 불학을 강의할 때는 더없이 '친절하고 자상'하지만, 다시 자리를 차지하면 한결같이 염라대왕 얼굴을 하고서 다른 사람들을 노예 대하듯 하며 자신이 가난뱅이들의 생사여탈권을 쥐고 있다고 여긴다. 그래서 그는 그런 사람들을 볼 엄두도, 보고 싶은 마음도 없는 것이다.

이런 기질은 자기가 보아도 고고한 척하는 것 같다고 생각될 때가 있지만, 실은 요령이 없어서 그런 게 아닌가 싶기도 했다.

다들 이리저리 방법을 찾아 어떻게든 한 고비 한 고비 버텨나갔지만 팡쉬안춰는 전보다 훨씬 궁해졌다. 그래서 부리던 하인이나 거래하던 가게 주인은 말할 것도 없고 아내조차 점점 그를 마구 대하기 시작했다. 요즘 들어 아내가 그의 의견을 따르기보다 늘 자기주장을 하고 당돌하게 행동하는 것만 봐도 분명 그러했다. 음력 5월 초나흘 오전에 그가 돌아오자마자 아내가 외상장부를 그의 코앞에 드밀었다. 이것은 전에 없던 일이었다.

"합해서 백팔십 위안은 줘야 하는데…… 월급은 나왔어요?" 그녀가 그를 쳐다보지도 않고 말했다.

"흠, 내일부터 관료 그만둘 거요. 수표는 받았는데, 급여 요구대회의 대표가 지급을 해주지 않아. 처음에는 동참하지 않은 사람에게는 지급하지 않겠다고 하더니 나중에는 자기들한테 와서 받아가라는 거요. 오늘 수표를 쥐고 있다는 것 하나 가지고 염라대왕 얼굴로 변해버린 거지. 난 그 사람들 정말 보기 싫소…… 돈도 필요 없고, 관리도 안 할 거요. 이렇게 굴욕스러울 수가……"

그의 아내는 팡쉬안춰가 이렇게 의분을 터뜨리는 것을 좀처럼 본 적이 없었던 터라 놀랐다. 하지만 곧바로 냉정을 되찾았다.

"내가 보기에는 받으러 가는 것이 좋을 듯싶네요. 그게 뭐 대단해요?" 그녀가 그의 얼굴을 쳐다보며 말했다.

"난 안 갈 거요! 그건 월급이지 상금이 아니오. 예전처럼 회계과에서 가져다줘야 하는 일이라고."

"하지만 가져다주지 않는데 어떡해요? ……어제 저녁에 말한다는 걸 잊었는데, 아이들이 등록금 달래요. 학교에서 벌써 몇 번이나 독촉을 받아서 더 안 내면……"

"시끄럽소! 아비가 일하고 가르친 돈은 주지 않으면서 자식이 몇 자 배운 것에는 돈을 달라고 해?"

그녀는 남편이 이성을 잃고 그녀가 교장이라도 되는 것처럼 화를 버럭 내자 더이상 이야기해봐야 소용없을 것 같다고 생각돼 입을 다물었다.

두 사람은 말없이 점심을 먹었다. 그가 한참 생각을 하더니 괴로운 얼굴로 밖으로 나갔다.

관례대로라면, 요 몇 년 동안 명절 전날이나 섣달그믐 전날이면 그는 밤 열두시가 되어서야 집에 돌아왔다. 집에 들어서면서 품속을 더듬으며 큰 소리로 "어이, 월급 가져왔어!"라고 소리치며 아내에게 중국은행에서 발행한 빳빳한 지폐를 건네주는 그의 얼굴에는 늘 뿌듯한 기색이 가득했었다. 그런데 이번 초나흗날은 뜻밖에도 그런 관례를 깨고 일곱시도 안 되어 집에 돌아왔다. 아내는 깜짝 놀라 그가 사표라도 낸 줄 알았다. 하지만 슬쩍 그의 얼굴을 보니 특별히 기분 나쁜 표정은 아닌 것 같았다.

"웬일이에요? ……이렇게 일찍? ……" 그녀가 그를 똑바로 쳐다보며 말했다.

"늦게 나왔고 찾지도 못했소. 은행이 문을 닫아서 초여드레까지 기다려야 하오."

"직접 받으러 갔어요?" 그녀가 걱정스럽게 물었다.

"직접 받아야 한다는 것은 진작 취소되었소. 원래대로 회계과에서 준대. 하지만 은행이 오늘은 벌써 문을 닫아버렸소. 사흘을 쉬니까 초여드렛날 오전까지 기다려야지." 그는 자리에 앉더니 바닥을 보며 차를 한 모금 마시고 천천히 입을 열었다. "다행히 관청에는 아무 문제가 없소. 초여드렛날이면 필시 돈이 생길 테니…… 별로 친하지도 않은 친척과 친구를 찾아가 돈을 빌리는 건 정말 힘든 일이오. 오후에는 창피를 무릅쓰고 진융성金永生을 찾아가 한참 이야기를 나누었소. 내가 월급 지급을 요구하러 가지도 않고 직접 받으려고도 하지 않은 것을 치켜세우더라고. 무척 품위 있는 행동이라고, 사람은 의당 그러해야 한다고 말이야. 그런데 내가 오십 위안을 융통하러 왔다는 걸 알고는 내가 자기 입에 소금이라도 한 움큼 집어넣은 것처럼 얼굴 주름이란 주름은 죄다 찡그리더라고. 그러면서 방세도 못 받았다느니, 장사에서 얼마를 손해봤다느니 하면서, 동료에게 가서 돈을 타는 일이 뭐 그리 대단한 일이냐며 나더러 당장 가라더군."

"이렇게 명절이 코앞에 닥쳤는데 누가 돈을 꿔주겠어요." 아내는 도리어 아무런 감정도 없이 담담하게 말했다.

팡쉬안춰는 고개를 떨구며 그도 그렇다고 생각했다. 더구나 자기와 진융성은 원래 친한 사이가 아니었다. 문득 작년 섣달그믐 일이 생각났다. 어떤 동향 사람이 십 위안을 빌리러 왔다. 그때 그는 관청에서 보증수표를 받았지만, 그 사람이 갚지 않을지도 모른다는 생각에 일부러 난처한 표정을 지으며 관청에서도 월급을 못 받고 학교에서도 월급을 주지 않아 정말 마음은 있어도 도울 수가 없다며 그 사람을 빈손으로 돌려보냈었다. 그때 자신이 어떤 표정을 지었는지 보지는 못했지만, 몹시 불안해하며 입술을 떨고 고개를 흔들었던 것 같다.

얼마 있다 그는 뭔가 크게 깨달은 듯 명령을 내렸다. 하인더러 얼른 나가서 롄화바이蓮花白 한 병을 외상으로 사오라고 한 것이다. 가게에선 내일 빚을 거의 다 갚아주길 고대할 터이니 외상을 안 줄 수 없을 것이다. 외상을 안 주었다 내일 한 푼도 받지 못하는 보복을 당할 수도 있는 노릇이었다.

과연 롄화바이가 외상으로 왔다. 그는 두 잔을 마셨다. 창백하던 얼굴이 불콰해졌고, 밥까지 먹고 나자 기분이 조금 좋아졌다. 그는 대형 하더먼哈德門 담배에 불을 붙인 뒤, 책상에 놓여 있던

『상시집嘗試集』*을 집어들고 침대에 누워 보려고 했다.

"그럼 내일 가게에는 뭐라고 하게요?" 아내가 따라오더니 침대 앞에 서서 그의 얼굴을 보며 말했다.

"가게? ……초여드레 오후에 오라고 하지 뭐."

"난 그리 못하네요. 그 사람들이 믿지도 않을 거고, 그러자고 하지도 않을 거예요."

"뭘 못 믿소? 가서 물어보면 될 거 아니오. 관공서 사람 중에 월급 받은 사람이 누가 있는지. 다 초여드레라고." 그가 집게손가락으로 모기장 안의 허공에 반원을 그렸다. 아내는 그의 손가락을 눈으로 좇아보았지만 그의 손이 『상시집』을 펼치는 것만 보았을 따름이다.

아내는 그가 이치에 닿지 않는 억지를 부리자 잠시 말문이 막혔다.

"내가 보기에는 이런 꼴로 더는 안 돼요. 장차 무슨 수를 내야지요. 다른 일을 알아보든가……" 아내가 마침내 다른 살 궁리를 언급하고 나왔다.

"무슨 다른 일? 나란 사람은 '학문은 필경사만도 못하고, 무예는 소방수보다도 못한 몸'이오. 그런데 무슨 다른 일을 하겠소."

---

* 중국 근대 문인이자 학자인 후스(胡適)의 시집.

"상하이에 있는 출판사에다 글도 써주었잖아요?"

"상하이 출판사? 글자 한 자 한 자 세서 원고료를 주잖소. 빈칸은 세지도 않아. 내가 거기에 써냈던 백화시白話詩*를 생각해봐요. 거기 빈칸이 얼마나 많아. 한 권이라고 해봐야 겨우 삼백 문이나 될까? 더구나 인세는 육 개월이 지나도 감감무소식이오. '먼 곳에 있는 물로 가까운 곳의 불을 끌 수 없는 법'이오. 누군들 견뎌내겠소."

"그럼 여기 신문사는요?"

"신문사? 여기 있는 큰 신문사에서 내 학생 하나가 편집을 맡고 있어서 잘 봐준다고 해도 천 자에 겨우 몇 푼이오. 아침부터 밤까지 종일 쓴다고 해도 우리 집안을 먹여 살릴 수 있겠소? 게다가 내 머릿속에 그리 많은 글이 들어 있는 것도 아니고."

"그럼 명절 지나면 어떡할 건데요?"

"명절 지나면? 그대로 관료 노릇을 하는 거지…… 내일 가게에서 돈을 받으러 오면 당신이 초여드레 오후에 오라고 해요."

그는 다시 『상시집』으로 눈을 돌렸다. 아내가 기회를 놓칠까봐 다급하게 더듬거리며 말했다.

"내 생각에는 명절 지나고 초여드레가 되면 우리…… 복권이

---

* 구어체로 쓴 신시.

라도 한 장 사는 게 나을 성싶은데……"

"헛소리! 그런 무식한 소릴 하다니……"

이때 그는 문득 진융성에게 쫓겨난 뒤의 일이 생각났다. 낙담한 채 다오샹춘稻香村 앞을 지나다 가게 문에 주먹만한 글자로 '1등 당첨금 몇만 위안'이라고 적힌 광고를 보았던 것이다. 그때 순간적으로 마음이 잠깐 움직였거나 발걸음이 잠시 주춤했던 것 같다. 하지만 지갑엔 육 전밖에 없었고 그것을 쓰기 아까워 결국 마음을 다잡고 돌아섰다. 그의 안색이 변하자, 아내는 남편이 자기의 무식함에 화가 났다고 생각하고는 말도 채 끝맺지 못하고 얼른 물러나왔다. 팡쉬안춰도 말을 하다 말고 허리를 펴고는 중얼중얼 『상시집』을 읊조렸다.

1922년 6월

낙담한 채 다오상춘 앞을 지나다 가게 문에 주먹만한 글자로
'1등 당첨금 몇만 위안'이라고 적힌 광고를 보았던 것이다.
그때 순간적으로 마음이 잠깐 움직였거나……

흰 빛

白光

천스청陳士成이 현시縣試* 결과를 알리는 방榜을 보고 집에 돌아왔을 때는 벌써 오후였다. 아침 일찍 가서 방을 보자마자 먼저 천 자를 찾았다. 적지 않은 천 자들이 서로 앞다투어 그의 눈 속으로 뛰어드는 것 같았다. 하지만 이어지는 글자는 한결같이 스청이란 두 자가 아니었다. 그는 둥근 원을 이루며 쓰여 있는 열두 장짜리 방을 다시 자세히 뒤졌다. 방을 보던 사람들이 모두 흩어질 때까지 천스청은 자기 이름을 찾지 못한 채 혼자서 시험장의 영벽影壁** 앞에 서 있었다.

* 현 행정 단위에서 실시하는 과거시험.

** 잡귀가 집에 들어오는 것을 막고, 집 안이 들여다보이지 않도록 대문 안쪽에 가로막아놓은 벽이나 널빤지.

차가운 바람이 그의 희끗희끗한 짧은 머리를 날렸지만, 초겨울의 태양은 아직 따뜻하게 그를 비추었다. 하지만 햇볕을 쬐서인지 그는 어질어질했고 얼굴빛은 갈수록 창백해졌으며, 피로가 쌓여 붉게 충혈된 두 눈에서는 기이한 빛이 번득였다. 사실 아까부터 벽에 붙은 방의 글자들이 눈에 들어오지 않았고, 그저 수많은 까만 동그라미만 눈앞에서 둥둥 떠다닐 뿐이었다.

생원이 되면 성省으로 가서 향시鄕試를 보고, 줄줄이 쭉 올라가면…… 지방 유지들이 갖은 방법을 동원해 혼담을 넣어올 것이고, 사람들은 신처럼 우러러보며 예전에 경솔하게 대했던 것을 깊이 후회하며 안절부절못할 것이고…… 지금 낡은 우리집에 세 들어 사는 타성바지들을 몰아내고—아니 몰아낼 수고를 할 것도 없이 내가 이사 가면 된다—집은 완전히 새로 단장하고 대문에는 깃대와 편액을 내걸고…… 고결하고 싶다면 중앙 관리가 나을 것이고, 그렇지 않으면 지방관이 나을 것이다…… 평소 그가 설계해두었던 미래가 물에 닿은 설탕탑처럼 한순간에 무너져버리고 조각만 남았다. 그는 자기도 모르게 돌아섰고, 온몸에 맥이 풀리는 느낌이 들었다. 망연히 집으로 발길을 돌렸다.

그가 자기 집 문 앞에 이르렀을 때 일곱 학동이 일제히 목청을 높여 책을 읽기 시작했다. 그는 깜짝 놀랐다. 마치 그의 귀에 대고 종을 치는 것 같았다. 짧은 변발을 늘어뜨린 머리 일곱 개가 눈앞에서 어른거리며 방 안을 가득 채웠고, 까만 동그라미들이 거기에 뒤섞여 춤을 추었다. 그가 자리에 앉자 아이들이 오후 숙제를 내밀었다. 얼굴에는 그를 우습게 보는 기색이 역력했다.

"돌아들 가거라." 그가 잠시 머뭇거리다 참담한 어조로 말했다.

아이들이 부산스레 책가방을 싸서 옆구리에 끼고는 쏜살같이 뛰어나갔다.

여러 개의 작은 머리가 까만 동그라미와 어울려 눈앞에서 춤을 추었다. 이리저리 뒤엉키기도 하고 특이한 모양도 이루다 점점 작아지더니 이윽고 희미해졌다.

"이번에도 틀렸구먼!"

그는 깜짝 놀라 벌떡 일어섰다. 분명 귓전에서 소리가 들렸는데 돌아보니 아무도 없었다. 또 땡 하고 종소리가 들리는 듯하더니 그 자신의 입에서도 말이 새어나왔다.

"이번에도 틀렸구먼!"

갑자기 그가 한 손을 들더니 손가락을 꼽으며 생각했다. 열한 번, 열세 번, 올해가 열여섯번째인데, 문장을 알아보는 시험관이 하나도 없다니, 눈은 달렸어도 알아보는 눈동자가 없으니 참으로 딱한 일이었다. 자신도 모르게 웃음이 나왔다. 하지만 화도 치밀었다. 그는 책 꾸러미 밑에서 시첩試帖과 경서를 베낀 팔고문八股文*을 꺼내들고 밖으로 향했다. 막 방문에 이르렀을 때 눈앞이 온통 환해지는가싶더니 한 무리의 닭조차 그를 비웃는 듯하여 저도 모르게 심장이 쿵쾅거렸다. 하는 수 없이 방 안으로 돌아왔다.

그는 다시 자리를 잡고 앉았다. 눈빛이 유난히 빛났다. 많은 것이 눈에 들어왔지만 뚜렷하지가 않았다. 그의 앞에는 무너진 설탕탑 같은 미래가 놓여 있었고, 그 미래가 점점 커지면서 그의 모든 길을 가로막았다.

다른 집은 벌써 굴뚝에서 연기도 그치고 설거지도 끝났지만, 천스청은 아직 밥도 하지 않았다. 그 집에 사는 타성바지들은 다들 그동안의 관례를 알고 있었다. 현시가 있는 해 합격자 방이 나붙고 나서 그의 이런 눈빛을 보면 일찌감치 문을 닫아걸고 괜히 알은척하지 않는 편이 나은 것이다. 먼저 사람 목소리가 잦아들었고, 이어서 등불이 잇달아 꺼졌다. 차가운 밤하늘에 달만 홀로 서서히 나타났다.

하늘이 바다처럼 푸르렀고, 뜬구름 몇 조각이 마치 물에 하얀 붓을 씻는 것처럼 퍼져나갔다. 달이 천스청을 향해 차가운 빛줄기를 내리부었다. 새로 닦은 쇠거울 같았다. 그 거울이 신비스럽게 천스청의 전신을 비추자 무쇠 달의 그림자가 그의 몸에 드리

---

* 청대 과거시험의 문체.

워졌다.

그는 아직도 방 밖에서 마당을 배회하고 있었다. 눈은 무척 맑았고, 사위는 고요했다. 그런데 난데없이 소란스러워지더니 낮은 목소리가 다급하게 그의 귀를 파고들었다.

"왼쪽으로 돌고, 오른쪽으로 돌고……"

그가 깜짝 놀라 귀를 기울였다. 그 소리는 더 크게 반복되었다.

"오른쪽으로 돌아라!"

그는 기억하고 있었다. 이 마당은 그의 집이 지금처럼 몰락하기 전 여름이면 밤마다 그의 할머니가 더위를 피하던 곳이었다. 그때 그는 열 살 남짓한 아이였다. 대나무 평상에 누워 있으면 할머니가 옆에 앉아 그에게 재미있는 이야기를 들려주었다. 할머니는 당신 할머니에게 들은 이야기라고 했다. 천씨 가문의 조상이 갑부였는데, 그 터가 바로 이 집이고, 여기에 어마어마한 돈을 묻었다는 것이었다. 복이 있는 후손이 그것을 차지할 것이라 했지만 아직까지 나타나지 않았다고 했다. 그런데 그 장소는 수수께끼였다.

"왼쪽으로 돌고, 오른쪽으로 돌고, 앞으로 가다 뒤로 가거라. 금은보화가 셀 수 없이 많을 것이니라."

이 수수께끼에 대해 천스청은 평소에 속으로 짐작을 해보곤 했지만, 대개 여기다 싶다가도 금세 거기가 아닌 듯한 느낌이 들곤 했다. 한번은 세를 준 탕唐씨네 방 밑이 틀림없다고 확신한 적이 있었다. 하지만 파내러 갈 용기가 나지 않았고, 그렇게 얼마 지나니 또 그곳은 절대 아니라는 생각이 들었다. 자기 방의 파헤친 흔적은 죄다 그가 과거에 낙방하고 나서 발작처럼 저지른 짓이었고, 나중에 보니 스스로도 부끄러웠고 남이 볼까 무섭기도 했다.

그런데 오늘은 무쇠 같은 빛이 천스청을 뒤덮으며 부드럽게 그를 재촉했다. 그가 행여 머뭇거릴까봐 진지하게 증명해 보이며 은근히 재촉해 그가 꼼짝없이 자기 방으로 눈을 돌리도록 했다.

하얀 부채 같은 흰 빛이 그의 방에서 일렁이며 번쩍였다.

"결국 여기였구나!"

이렇게 말하면서 그는 사자처럼 빠르게 방으로 들어갔다. 그런데 방 안으로 들어서자 흰 빛의 흔적은 보이지 않고 휑하고 낡은 방에 낡아빠진 책상 몇 개만 어둠 속에 파묻혀 있었다. 그가 멍하니 서서 다시 천천히 시선을 집중하자 흰 빛이 또렷이 다시 일어났다. 이번에는 더 크고 유황불보다 더 하얗고 아침 안개보다 더 자욱했다. 분명 동쪽 벽에 맞닿아 놓인 책상 아래였다.

천스청은 문 뒤쪽으로 사자처럼 달려가 손을 뻗쳐 괭이를 찾다 한줄기 시꺼먼 그림자와 부딪쳤다. 순간 섬뜩해서 서둘러 등불을 켰다. 괭이는 그대로 기대서 있었다. 그는 책상을 옮기고 괭이로 단숨에 커다란 벽돌 네 장을 파냈다. 몸을 구부리고 보니 그 아래는 늘 그랬듯이 누런 잔모래였다. 팔소매를 걷고 잔모래를 파헤치자 밑에 있는 검은 흙이 드러났다. 그는 매우 조심하면서 조용히 괭이질을 했다. 깊은 밤이라 너무 조용해서 뾰쪽한 쇠붙이가 흙에 부딪히면서 나는 둔탁한 소리가 아무래도 울리지 않을 수 없었다.

흙구덩이를 두 자 남짓이나 파들어갔지만 항아리는 보이지 않았다. 천스청은 애가 달았다. 그런데 쨍그랑 소리가 나더니 팔목에 통증이 느껴질 정도로 진동이 왔다. 뭔가 딱딱한 것이 괭이 끝에 부딪힌 것이다. 얼른 괭이를 내던지고 손으로 더듬어보자 커다란 벽돌 하나가 묻혀 있었다. 가슴이 몹시 두근거렸다. 그는 정신을 바짝 가다듬고 그 벽돌을 파냈다. 그 아래도 역시 아까와 같은 검은 흙이었다. 한참 흙을 파냈지만 끝이 없어 보였다. 그런데 갑자기 딱딱하고 작은 뭔가가 손에 걸렸다. 동그란 것이 녹슨 동전인 것 같았다. 깨진 도자기 조각도 몇 개 나왔다.

천스청은 마음속에서 공허가 느껴지는 것 같았다. 온몸에 땀이 흥건했다. 애가 달아 그저 계속 파들어갔다. 그러다 심장이 허공에서 몹시 두근거렸다. 다시 이상한 작은 물건 하나가 만져진 것이었다. 이번에는 말발굽 모양이었고 손을 대보니 부석부석한 느낌이 들었다. 그는 다시 정신을 바짝 가다듬고 그 물건을 파내 조심스럽게 집어들고 등불에 비춰보았다. 군데군데 벗겨진 것이 썩은 뼈다귀 같았다. 위쪽에 듬성듬성하게 이가 붙어 있었다. 이건 아래턱뼈라는 생각이 들었다. 그런데 그 아래턱뼈가 그의 손에서 덜커덕거리며 웃는 듯한 모습을 하더니 마침내 입을 열고 말했다.

"이번에도 틀렸구먼!"

오싹 소름이 돋았고, 그와 동시에 손을 놓아버렸다. 아래턱뼈가 데굴데굴 굴러 원래 있던 구덩이 속으로 들어가자 그도 도망치듯 마당으로 나왔다. 방 안을 슬며시 들여다보았다. 등불은 여전히 환했고 아래턱뼈는 여전히 그를 비웃고 있었다. 너무도 무서워 차마 그쪽을 다시 쳐다볼 수 없었다. 그는 멀리 떨어진 처마 아래 어두운 곳에 몸을 숨기고야 조금 안심이 되었다. 그런데 안심하고 있는데 다시 귓가에 낮게 속삭이는 소리가 들려왔다.

"여기는 없다…… 산으로 가라……"

천스청은 낮에 길에서도 누가 이런 말을 한 걸 들은 것 같았다. 그는 그 말이 채 끝나기도 전에 문득 깨달은 게 있었다. 갑자기 하늘을 향해 고개를 쳐들었다. 달은 벌써 시가오 봉西高峰 뒤로 넘어가고 있었다. 성에서 삼십오 리나 떨어져 있어서 멀게만 느껴지던 시가오 봉이 지금은 홀笏*처럼 바로 눈앞에 까맣게 우뚝 서 있었고 반짝이는 커다란 흰 빛을 주위에 뿜어냈다.

그는 다시 정신을 바짝 가다듬고 그 물건을 파내 조심스럽게 집어들고
등불에 비춰보았다. 군데군데 벗겨진 것이 썩은 뼈다귀 같았다.

게다가 그 흰 빛은 아득하면서도 바로 앞에 있었다.

"그래, 산으로 가자!

그는 결심을 하고 비참한 마음으로 뛰쳐나갔다. 문을 여는 소리가 몇 번 나더니 더는 아무런 소리도 들리지 않았다. 등불이 커다란 불꽃을 피워 빈방과 구덩이를 비추더니 피지직 소리를 몇 번 내며 점점 작아지다 꺼져버렸다. 기름이 벌써 다 타버린 것이다.

"성문을 열어라—"

커다란 희망을 품은 공포의 비명 소리가 서쪽 관문 앞의 여명 속에서 거미줄처럼 윙윙거리며 울렸다.

이튿날 낮, 어떤 이가 서문 십오 리 밖에 있는 완류 호萬流湖에 시체 한 구가 떠 있는 것을 발견했다. 그 소문은 바로 퍼져나가 마을 치안관의 귀에까지 들어갔고, 마을 사람들을 동원해 시체를 건져냈다. 남자 시체로 쉰쯤 되어 보였는데, '보통 체구에 얼굴은 하얗고 수염은 없고' 아무런 옷을 걸치지 않았다. 천스청이라고 말하는 사람도 있었다. 하지만 이웃들은 굳이 보러 가려고 하지 않았고 시체를 찾아갈 친척도 없었다. 그래서 현 관리의

---

* 관리들이 황제를 알현할 때 손에 쥐던 것.

검시를 거친 뒤 마을 치안관이 매장했다. 사인은 문제될 게 없었다. 시체의 옷을 벗겨가는 것은 흔한 일이라 타살을 의심할 필요는 없었다. 더구나 검시관이 살아서 물에 빠졌다고 확인해주었다. 그가 물속에서 빠져나오려고 몸부림쳤고, 그래서 열 개의 손톱 밑에 죄다 저수지 바닥 진흙이 끼어 있었다는 것이다.

1922년 6월

옮긴이의 말

소설가라고만 규정하기에는 루쉰의 삶과 사고는 너무 넓고 깊다. 그 넓고 깊은 그의 삶과 사고가 닿은 또하나의 지점이 바로 목각판화였다. 루쉰은 중국 현대 목각판화 운동의 개척자이다. 루쉰은 원래 그림에 각별한 관심을 가졌지만, 1930년 무렵에는 관심이 목각에 집중되면서 목각 작품 선집을 편찬하는가 하면 젊은 화가들과 함께 목각 강습회를 열기도 하고 전시회를 열기도 했다. 현대 중국에서 목각판화는 혁명운동과 긴밀하게 결합되어 있어서, 목각판화가들은 판화로 새로운 사상을 전파하고 혁명의 기운을 세상에 불어넣었다. 그러한 목각 운동의 토대를 마련한 이가 루쉰이다. 적어도 중국 혁명에 동참하였던 판화가들이라면 그들 모두 사상적으로 루쉰의 제자들이라고 해도 과

언이 아니다. 현대 중국 목각판화계를 대표하는 판화가인 자오옌녠 역시 그러하다. 루쉰이 한창 목각판화 운동을 제창하던 무렵 상하이미술전문학교를 다니며 목각을 배운 그는 목각판화를 통해 중국 민중을 만나고 그들을 혁명으로 이끌었던 이다. 그런 그의 조각칼이 1956년부터 루쉰과 루쉰 작품을 만난다. 루쉰을 새기고, 『아Q정전』을 비롯하여 자신이 중요하다고 생각하는 루쉰 작품의 주요 장면과 주요 인물들을 새기기 시작한 것이다. 그는 어떤 문학 평론가나 루쉰 연구자의 분석보다도 예리하게 루쉰과 루쉰 작품 속 인물들의 특징을 포착하여 목각으로 새겼다. 여기에 실린 소설들은 루쉰의 첫번째 소설집인 『외침』에 들어 있는 작품 가운데 자오옌녠이 목각판화로 새긴 작품들이다. 루쉰 소설을 읽으며 자오옌녠의 목각 작품을 동시에 감상하는 특별한 경험을 할 수 있는 것이다.

여기에 실린 작품들 중 대표작은 단연 「광인일기」이다. 「광인일기」는 단순하게 읽으면 '인의도덕仁義道德'으로 상징되는 전통 윤리가 다름 아닌 식인의 원리라는 것을 고발하는 반전통 계몽소설이 된다. 하지만 「광인일기」는 그러한 차원의 단순한 계몽소설에 국한되지 않는다. 계몽 기획 자체에 대한 반성적 질문까지를 포함하고 있는 소설인 것이다. 소설에서 광인은 사람들이 자신을 무서워하는 이유를 찾는 과정에서 인의도덕으로 포장된 역사가 사실은 식인의 역사였다는 것을 발견한다. 중국 전통 사회가 겉으로는 인의도덕을 내세우지만 실은 사람이 사람을 잡아먹는 윤리가 지배하는 식인사회라는 사실을 발견하는 것이다. 광인은 사람들에게 미친 사람 취급을 받지만 실은 역사의 진실, 역사의 이면을 꿰뚫어보는 각성한 인물인 것이다. 역사의 이면에 숨겨진 진실을 발견한 뒤 광인은 주변 사람들에게 식인을 하지 말라고 끊임없이 권고한다. 사람을 잡아먹는 인간들은 인간으로 진화되지 못한 존재들이고 결국은 지상에서 멸종할 것이라고 주위 사람들을 계몽시키는 것이다. 여기서 광인은 일반인보다 먼저 각성한 선각자이자 계몽가이다.

그런데, 그렇게 계몽의 노력을 지속하던 광인은 어느 날 자신도 사람의 고기를 먹었다는 사실을 깨닫는다. 자기도 모르게 여동생의 고기를 먹었지만 어쨌든 자신도 사람을 먹은 경험이 있는 것이다. 그동안 광인은 식인세계의 밖에서 식인을 하는 사람들을 비판하였는데, 알고 보니 자기 자신도 식인세계의 일원으로 식인을 했던 것이다. 이제 광인은 더이상 자신을 각성한 선각자로 자처할 수 없게 되었다. 자신이 그토록 비판했던 식인세계에서 광인도 예외가 아니었던 것이다. 광인은 그동안 사천 년 동안의 중국 역사는 식인의 역사이며 이제 식인의 습관에서 벗어나야 한다고, 다시 말해 유교라는 전통 윤리에서 벗어나야 한다고 비판했지만, 그 사천 년의 식인의 역사가 곧 자신의 역사이며, 자신도 그 식인의 역사의 공모자라고 깨닫는 것이다. 그리하여 광인은 더이상 "생각을 할 수 없"게 되고, 역사의 어둠과 자신을 일치시킨 가운데 "사천 년 식인의 이력을 지닌 나"라고 진술한다. 그런 뒤, 작품 끝에서 이렇게 외친다. "아이들을 구하라!" 어른들과 달리 식인을 경험하지 않은 아이들이 혹시 있다면 그 아이들을 구하라고 외치는 것이다. 그 아이들이 중국을 식인사회에서 벗어나게 할 희망이라고 여기는 것이다.

「광인일기」에는 루쉰 사고의 원형이 풍부하게 담겨 있다. 민중에게 깨어나라고 계몽을 외치는 지식인 역시 기성세대이자 구세계 출신이기에 그가 부정하려는 세상과 연계되어 있다는 자각에서 오는 유죄 의식과 속죄감, 그리고 마비된 민중 역시 식인사회를 지탱하는 한 축이라고 보는 민중의 노예성에 대한 비판 의식, 그리고 기존의 지배 이데올로기에서 상대적으로 자유로운 청년과 어린이에 대한 기대 등, 루쉰의 의식과 루쉰 문학의 개성을 압축하여 보여주는 작품이 「광인일기」인 것이다. 단순한 유교 전통 타파를 주장한 근대 계몽소설을 넘어선다고 한 것은 이 때문이다.

「광인일기」에서 또 한 가지 주목할 것은 소설 서문과 본문 사이의 관계다. 루쉰은 소설 서문은 중국 고문으로 쓰고, 본문은 현대 구어체로 썼다. 이번 번역에서 기존의 다른 번역과 달리 서문에 한문체를 사용한 것은 이 때문이다. 전통 시대의 문체인 고문을 버리고 언문일치 형식의 현대 구어체를 사용하자는 운동이 중국 지식인들 사이에서 일어나면서 고문 존속을 주장하는 보수 지식인들과 구어체를 쓰자는 새로운 지식인들이 격렬하게 대립하였던 중국 근대 초기의 사정을 감안하면, 루쉰이 소설에서 서문과 본문에 고문과 구어체라는 서로 다른 언어를 대응시킨 것은 다분히 의도적이다. 루쉰은 의도적으로 두 개의 다른 언어를 사용하여, 광인의 세계를 현대 구어체로, 현실 세계를 고문으로 쓴 것이다. 서문에서 작가는 광인이 이미 병이 나아서 관리로 갔다고 적고 있다. 그렇다면 이러한 광인의 선택을 어떻게 볼 것인가? 한때 식인을 하지 말라고 외치던 광인은 흔적 없이 사라지고, 광인은 이제 현실에 투항하여 관리로서 세속적인 삶을 살아가는 존재로 타락한 것인가? 아니면 광인은 광인 시절의 관념적이고 낭만적인 선각자에서 벗어나서 자신도 식인세계의 일원이고 식인을 한 경험이 있다는 냉철한 자기비판 의식을 지닌 현실주의자로 재탄생하여 현실에 들어간 것인가? 이를 고민해보는 일은 「광인일기」를 읽는 또다른 재미가 될 것이다.

루쉰의 많은 소설들은 중국이 공화제 혁명을 추진하던 1910년 전후의 중국을 배경으로 한다. 제국주의 침략과 청 정부의 부패와 무능이 겹치면서 중국이 이른바 '나라도 망하고 중국인도 사라질 것 같은 망국멸종'의 위기에 직면하면서 중국은 극심한 혼란에 빠졌다. 이런 가운데 청나라 만주족 정부 체제를 고수하려는 세력과 입헌군주제를 추진하던 세력, 근대적 공화제를 추진하던 세력이 격렬하게 대립하게 된다. 루쉰의 많은 소설은 이런 시대를 배경으로 지식인과 민중의 초상을 다루고 있는데, 이 책에 실린 「약」과 「소동」 「어떤 작은 사건」이 민중을 그렸다면, 「단오절」 「흰 빛」 「쿵이지」는 지식인을 묘파하고 있다.

루쉰은 중국에서 대중은 그저 연극을 구경하는 관객일 뿐이라고 비판하였는데, 「약」은 그런 중국 민중의 초상을 여실히 묘파한 소설이다. 혁명가가 처형당한 현실에서 그 혁명가가 왜 처형을 당했는지, 그것이 옳은 일인지 그른 일인지의 판단은 애초에 관심 밖인 채 오직 폐병에 걸린 자기 아들을 치료하기 위해 처형당한 혁명가의 따끈한 피를 가져다가 만터우를 만드는 일에만 관심이 있는 중국 민중의 마비된 영혼을 파헤친 작품이다.

「소동」 속 마을 사람들 역시 「약」에 등장하는 사람들과 비슷하다. 그들의 관심은 공화제 혁명인 신해혁명(1911)의 의미나 그 추이가 아니다. 뒷머리를 길게 늘어뜨리는 변발은 청나라 만주족 지배를 상징하는데, 「소동」은 칠근이가 성에 들어갔다가 혁명파에게 변발을 잘린 뒤 마을에서 벌어지는 소동을 다루고 있다. 소설에서 마을 사람들은 황제가 다시 등극하는지, 아니면 혁명파가 장악하는지에 촉각을 곤두세운다. 하지만 이는 공화제 혁명을 지지하거나 청나라를 지지해서가 아니다. 그들의 관심은 오직 변발에 있다. 황제가 다시 등극하면 변발을 잘린 칠근이는 화를 당할 것이고, 혁명파가 승리하여 황제가 물러난다면 무사할 것이기 때문이다. 그들에게 신해혁명이란 오직 변발의 문제일 따름인 것이다.

「약」이나 「소동」이 중국 민중의 어둠을 가차 없이 해부하였다면 「어떤 작은 사건」은 민중 속에 잠재된 빛과 희망에 관한 소설이자 지식인과 민중의 관계를 다루고 있는 작품이다. 작은 소품 형식으로 된 이 소설에서는 지식인의 비루함과 초라한 인력거꾼의 순수함이 대비된다. 작품 속 인력거꾼은 지식인인 화자에게 자신을 성찰하고 희망을 불어넣어주는 존재인 것이다.

허위와 위선에 찬 지식인을 풍자하고 가차 없이 비판하는 일은 루쉰 필생의 작업 가운데 하나였다. 루쉰의 지식인 비판은 전통 지식인과 근대 지식인, 진보를 자처하는 혁명파 지식인들을 가리지 않았다. 이 책에 실린 작품 가운데 「단오절」은 당시 지식인이 겪던 경제적 궁핍을 배경으로 삼아 지식인의 허위와 위선을 비판하고 있고, 「쿵이지」와 「흰 빛」은 전통 시대가 저물어가는 상황에 처한 전통 지식인의 비참한 말로와 파괴된 정신세계를 그리고 있다. 그들 지식인들은 전통 시대의 잔재이자 비극적인 희생자이다. 루쉰은 그들의 궁한 처지에 연민과 측은한 눈길을 보내기도 하고, 때로는 낡은 세계에 대한 가망 없는 집착을 가차 없이 비판하기도 한다. 특히 저물어가는 시대에 처한 구시대의 마지막 지식인 쿵이지의 비참한 말로를 그린 「쿵이지」는 소설 기교 자체만 놓고 보면 루쉰 소설 가운데 수작에 속한다. 쿵이지가 손으로 기어서 들어온 것을 암시하는 장면이 그러하듯이, 쿵이지의 비참한 처지를 단숨에 포착해내는 묘사도 압권이려니와 소년 점원의 시선과 술집 손님들의 시선을 교차시키는 가운데 쿵이지의 가련한 처지를 드러내는 수법도 빼어나다. 루쉰 작품 중 중국인들이 애독하는 작품으로, 소설에 나오는 '셴헝주점'과 술, 그리고 술안주인 후이샹더우라는 콩은 중국에서 유명한 문화 상품이기도 하다.

한국인에게 루쉰의 소설 「고향」은 작품 자체보다도 작품 말미에 나오는 희망에 관한 경구로 더 유명하다. "희망이란 원래, 있다고도 할 수 없고 없다고도 할 수 없다. 그것은 지상의 길과 같다. 원래 지상에는 길이 없었다. 가는 사람이 많아지면 길이 되는 것이다"는 구절이 바로 그것이다. 텔레비전 드라마의 대사로 나올 정도로 한국인에게 익숙한 구절이다. 「고향」은 작품 제목이 암시하듯이, 고향과 귀향, 실향과 이향離鄕 등 누구에게나 익숙한 보편적 모티프를 담고 있어서 중국만이 아니라 일본과 한국인들에게도 폭넓게 읽히는 작품이다. 일본에서는 한동안 고교 교과서에 실리기도 했다.

소설에서 '나'는 고향과 영원히 작별하기 위해 오랜만에 고향을 찾는다. 하지만 현실 속 고향은 그가 기억하는 고향과 달리 쓸쓸하고 황량하다. 그런데 집안 살림살이를 처분하던 중 그의 어머니가 어렸을 적 친구였던 룬투 이야기를 꺼내고, 룬투와 더불어 주인공 기억 속에 들어 있던 아름답고 신비로운 고향 풍경이 주인공 눈앞에 펼쳐진다. 원래 주인공의 집 머슴의 아들이었던 룬투는 어린 시절 높은 담장 안에 갇혀 살던 주인공이 체험하지 못한 신비하고 아름다운 농촌 세계를 그에게 들려주던 소년 영웅이었다. 그런데 그런 그와 오랜만에 재회하는 순간 예전의 친구인 룬투는 주인공을 '나리'라고 부른다. 어렸을 적에 서로 친구로서 하나였지만 지금은 둘 사이에 넘을 수 없는 장벽이 가로놓여 있는 것이다. 더구나 룬투에게서 예전 소년 영웅의 면모는 흔적도 찾아볼 수가 없었다. 가혹한 세금과 흉년, 착취 등으로 돌조각처럼 변한 것이다. 은목걸이를 하고 달빛을 받으며 수박밭에 서 있던 기억 속의 룬투는 사라진 것이다. 사라진 것은 기억 속의 룬투만이 아니다. 주인공이 기억하는 아름답고 신비로운 기억 속 고향은 원래 룬투와 연결되어 있었기 때문에 룬투가 사라진 순간 기억 속의 아름다운 고향도 사라져버리고, 이제 쓸쓸하고 황량한 현실 속 고향만 남는다.

슬픈 심정으로 영원히 고향과 작별하는 주인공은, 자신과 룬투는 결국 이렇게 멀어졌지만 조카와 룬투의 아들 같은 훗날 세대는 서로 멀어지지 말기를 기대한다. 사람과 사람을 갈라놓는 장벽도 사라지고, 룬투처럼 고통스러운 삶 때문에 마비되는 사람들도 없는 세상을 희망하는 것이다. 하지만 그는 곧장 그런 희망이 아마도 스스로가 만든 우상이 아닐까라고 회의한다. 그런 희망이 실현될 가능성을 회의하는 것이다. 그렇게 회의하는 그에게 아름답고 신비한 고향 모습이 다시 떠오른다. 과거 자신의 기억 속에 있던 고향이지만, 과거의 그것과 다른 것은 그 아름답고 신비한 고향 모습 속에 룬투가 없다는 점이다. 애초에 아름다운 고향은 룬투와 더불어 현전하였지만, 이제 아름다운 기억 속 고향은 룬투 없이 주인공의 기억 속에 살아 있다. 그것은 새로운 기억 속 고향이다. 이 새로운 기억 속 고향은 과거의 기억 속 고향처럼 룬투에 좌우되지 않으며, 오직 주인공의 기억에 좌우된다. 지금 현실에는 없지만 과거에 그러한 아름다운 고향이 존재하였다는 것을 주인공이 기억하는 한, 아름다운 고향은 주인공에게서 사라지지 않을 것이다. 그리고 그 기억은 주인공이 바라는 새로운 세상을 만들어가는 희망의 근거이자 동력이 된다.

하지만 그 기억만으로 희망이 실현되는 것은 아니다. 주인공도 그것을 안다. 그리하여 작품 끝에 유명한 희망에 관한 경구가 등장한다. 희망은 지상의 길과 같아서, 원래부터 있거나 원래부터 없는 것이 아니다. 그것은 있을 수도 있고, 없을 수도 있다. 마치 사람들의 걸음걸이가 모아지면 지상에 길이 나지만, 사람들 발걸음이 끊어지면 지상에서 길이 사라지듯이, 희망을 지상에 실현하는 것은 기억만이 아니라 지상의 발걸음, 즉 실천이 동시에 필요하다고 깨닫는 것이다. 비극적 현실을 넘어 새로운 세상을 염원하는 루쉰의 간절한 바람과 그것을 실현하기 위한 실천에 대한 루쉰의 갈망이, 「고향」 말미에 집약되어 있다.

이 책에 실린 루쉰 소설들은 중국 민중과 지식인에 대한 가차 없는 비판, 그리고 새로운 인간과 세상에 대한 갈망 등 루쉰 문학의 개성을 여실히 보여주는 것들로, 자오옌녠의 판화는 그러한 루쉰 문학의 개성을 보다 쉽고 효과적으로 이해하는 데 좋은 길잡이가 될 것이다.

이욱연

루쉰 연보

1881년 9월 25일	저장 성浙江省 사오싱 현紹興縣에서 아버지 저우보이周伯宜와 어머니 루루이魯瑞의 장남으로 태어나다. 본명은 저우수런周樹人.
1893년(13세)	할아버지가 뇌물 사건에 연루되어 투옥되고 아버지가 병이 들면서 집안이 몰락하다.
1898년(18세)	난징의 장난해군학교江南水師學堂에 입학하다.
1900년(20세)	장난육군학교江南陸師學堂 부설 철도학교鑛務鐵路學堂로 옮겨가다.
1902년(22세)	국비 일본 유학생으로 선발되어 유학생 예비학교인 도쿄고분학원東京弘文學院에 입학하다.
1903년(23세)	잡지 〈절강조浙江潮〉에 번역문 「스파르타의 혼」, 과학 논문 「라듐에 대하여」「중국지질약론」을 발표하고, 쥘 베른의 과학소설 『달나라 탐험』『지구 속 여행』을 번역하다.
1904년(24세)	센다이의학전문학교仙臺醫學專門學校에 입학하다.
1906년(26세)	학교를 중퇴하고 잠시 귀국해 어머니의 권유로 주안朱安과 결혼하다. 다시 일본 도쿄로 돌아가다.
1907년(27세)	동생 저우쭤런周作人, 친구 쉬서우상許壽裳 등과 문예

지 〈신생新生〉을 창간하려 했으나 무산되다. 잡지 〈하남河南〉에 「문화의 편향 발전론文化偏至論」「악마파 시의 힘摩羅詩力說」 등을 발표하다.

1909년(29세) 러시아와 동유럽 소설을 번역한 『해외소설집域外小說集』 두 권을 출간하다. 중국으로 돌아와 항저우의 저장초고등사범학교浙江兩級師範學堂에서 화학과 생리학을 가르치다.

1911년(31세) 신해혁명으로 중화민국 정부가 수립되다. 사오싱 현의 산후이초등사범학교山會初等師範學校 교장으로 취임하고 문어문소설 「옛일懷舊」을 쓰다.

1912년(32세) 난징의 임시정부에 교육부 직원으로 들어가다. 5월에 정부가 베이징으로 옮겨가면서 함께 베이징으로 가다.

1918년(38세) 단편소설 「광인일기狂人日記」를 루쉰이라는 필명으로 〈신청년新青年〉에 발표하다.

1919년(39세) 단편소설 「쿵이지孔乙己」「약藥」을 발표하다.

1920년(40세) 단편소설 「내일明天」「어떤 작은 사건一件小事」「머리털 이야기頭髮的故事」「소동風波」을 여러 잡지에 발표하다.

1921년(41세) 〈신청년〉에 단편소설 「고향故鄉」을 발표하다. 베이징 신문 〈신보晨報〉 부록판에 중편소설 「아Q정전阿Q正傳」 연재를 시작하다.

1922년(42세) 러시아 작가 에로센코의 『동화집』을 번역 출간하다. 단편소설 「단오절端午節」「흰 빛白光」「토끼와 고양이兎和猫」「오리의 희극鴨的喜劇」「마을 연극社戲」「부주산不周

山」을 발표하다.

1923년(43세) 「광인일기」 등 열다섯 편의 중단편소설을 묶은 첫 소설집 『외침吶喊』과 문학연구서 『중국소설사략中國小說史略』 상권을 출간하다. 베이징여자고등사범학교北京女子高等師範學校와 세계어전문학교世界語專門學校에 출강하다.

1924년(44세) 단편소설 「복을 빌다祝福」 「술집에서在酒樓上」 「행복한 가정幸福的家庭」 「비누肥皂」를 발표하다. 『중국소설사략』 하권을 출간하다. 주간지 〈어사語絲〉 창간에 참여하다.

1925년(45세) 단편소설 「장명등長明燈」 「조리 돌리기示衆」 「가오 선생高老夫子」 「고독자孤獨者」 「애도傷逝」를 발표하다. 첫 산문집 『열풍熱風』을 출간하다.

1926년(46세) 산문집 『화개집華蓋集』, 열한 편의 소설을 묶은 소설집 『방황彷徨』을 출간하다. 베이징을 떠나 샤먼대학廈門大學 문과 교수로 취임하다. 단편소설 「미간척眉間尺」(뒤에 「검을 만들다鑄劍」로 제목 바꿈) 「달로 달아나다奔月」를 쓰고 다음해에 발표하다.

1927년(47세) 샤먼을 떠나 광저우로 가서 중산대학中山大學 문과 교수로 취임하다. 산문집 『화개집 속편』 『무덤墳』 『들풀野草』을 출간하다. 다시 광저우를 떠나 상하이로 가서 쉬광핑許廣平과 동거를 시작하다.

1928년(48세) 산문집 『아침 꽃을 저녁에 줍다朝花夕拾』 『이이집而已集』을 출간하다.

1929년(49세) 왕팡런王方仁, 추이전우崔眞吾 등과 함께 문학단체 조화사朝花社를 조직해 〈조화주간朝花週刊〉 〈조화순간朝花旬刊〉 등을 발행하다. 러시아 문예비평가 루나차르스키의 『예술론』 『문예와 비평』 일역본을 번역 출간하다. 문예비평 논문을 번역한 글을 묶은 『벽하역총壁下譯叢』을 출간하다.

1930년(50세) 자유운동대동맹에 참가하고, 중국좌익작가연맹의 대표로 선임되다. 러시아 이론가 플레하노프의 『예술론』 일역본을 번역 출간하다.

1932년(52세) 산문집 『세 가지 여유로움三閑集』 『두 마음二心集』, 러시아 단편소설을 모은 『하프豎琴』를 출간하다.

1933년(53세) 소설선집 『루쉰 자선집魯迅自選集』, 서간집 『양지서兩地書』, 산문선집 『루쉰 잡감 선집魯迅雜感選集』, 산문집 『거짓자유의 책僞自由書』을 출간하다.

1934년(54세) 산문집 『남강북조집南腔北調集』 『풍월이야기准風月談』를 출간하다.

1935년(55세) 고리키의 『러시아 창작동화』 일역본을 번역 출간하다. 산문집 『미처 실리지 못한 이야기集外集』 『문밖에서 문학을 논하다門外文談』를 출간하다. 단편소설 「홍수를 다스리다理水」 「고사리를 따다采薇」 「관문을 나가다出關」 「기사회생하다起死」를 쓰다.

1936년(56세) 여덟 편의 단편을 묶은 세번째 소설집 『옛이야기, 다시 쓰다故事新編』와 산문집 『꽃테문학花邊文學』을 출간하다. 10월 19일 지병인 폐결핵으로 사망하다.

지은이 **루쉰**
중국의 문학가, 사상가, 혁명가, 교육가. 1918년 중국 근대문학사상 최초의 백화소설인 「광인일기」를 발표하며 신문학운동의 기치를 올렸고, 1921년 소설 「아Q정전」으로 중국 사회에 큰 반향을 불러일으켰다. 평생 중국 문화사업에 공헌했고, 진보적 외국문학뿐 아니라 국내외 저명한 회화와 판화 작품을 소개하는 데 힘썼으며, 수많은 고전문학을 수집, 연구, 정리했다. 1936년 상하이에서 세상을 떠났다.

옮긴이 **이욱연**
고려대학교 중문과와 동대학원을 졸업했고, 현재 서강대학교 중국문화전공 교수이다. 『아Q정전』『들풀』『고독자』『옛이야기, 다시 쓰다』『그림으로 만나는 루쉰』『우리는 거대한 차이 속에 살고 있다』 등을 우리말로 옮겼고, 지은 책으로 『루쉰 읽는 밤, 나를 읽는 시간』『이욱연의 중국 수업』『이만큼 가까운 중국』 등이 있다.

문학동네 세계문학
광인일기

1판 1쇄 2014년 7월 4일 | 1판 3쇄 2022년 8월 30일

지은이 루쉰 | 판화 자오옌녠 | 옮긴이 이욱연
책임편집 이원주 | 편집 김경미 류현영 염현숙 | 독자모니터 김성림
디자인 김이정 송윤형 이원경 | 저작권 박지영 형소진 이영은 강하림
마케팅 정민호 이숙재 박치우 한민아 이민경 안남영 김수현 정경주
브랜딩 함유지 함근아 김희숙 박민재 박진희 정승민
제작 강신은 김동욱 임현식 | 제작처 영신사

펴낸곳 (주)문학동네 | 펴낸이 김소영
출판등록 1993년 10월 22일 제2003-000045호
주소 10881 경기도 파주시 회동길 210
전자우편 editor@munhak.com | 대표전화 031) 955-8888 | 팩스 031) 955-8855
문의전화 031) 955-3578(마케팅) 031) 955-2699(편집)
문학동네카페 http://cafe.naver.com/mhdn
인스타그램 @munhakdongne | 트위터 @munhakdongne
북클럽문학동네 http://bookclubmunhak.com

ISBN 978-89-546-2519-7 04820
978-89-546-1411-5 (세트)

www.munhak.com